亲情
师情
友情
乡情

世间情

王春瑜——著

九 州 出 版 社
JIUZHOUPRESS ｜ 全国百佳图书出版单位

图书在版编目（CIP）数据

世间情 / 王春瑜著 . -- 北京：九州出版社，
2023.10

ISBN 978-7-5225-2121-3

Ⅰ . ①世… Ⅱ . ①王… Ⅲ . ①随笔－作品集－中国－
当代 Ⅳ . ① I267.1

中国国家版本馆 CIP 数据核字（2023）第 172156 号

世间情

作　　者　王春瑜　著
责任编辑　黄明佳
出版发行　九州出版社
地　　址　北京市西城区阜外大街甲 35 号（100037）
发行电话　（010）68992190/3/5/6
网　　址　www.jiuzhoupress.com
印　　刷　北京旺都印务有限公司
开　　本　880 毫米 ×1230 毫米　32 开
印　　张　7
字　　数　180 千字
版　　次　2024 年 10 月第 1 版
印　　次　2024 年 10 月第 1 次印刷
书　　号　ISBN 978-7-5225-2121-3
定　　价　88.00 元

|目录|

一、亲情

二、师情

三、友情

四、乡情

后　记

附　录

一、亲情

永久的悔

——忆母亲

一

　　我的母亲姓曹，清光绪二十九年（1903年）农历七月十九日生于建湖县高作镇大墩村。她行三，待字闺中时，外公外婆叫她三姑娘，嫁给我父亲后，叫她三婶（俗字，义同姑），没有正式的名字。直到1946年土地改革时，母亲已43岁，儿孙满堂，因为土地证上需要有名字。我的大哥王荫——这时担任高作区政府文教区员，正忙着搞"土改"，觉得母亲没有正式名字不合时宜，便给她起了个名字：曹效兰。效是辈分，我的大舅曹效淦，二舅曹效云，老舅（即小舅）曹效庭。母亲有了自己的正式名字，她很高兴，但又觉得不习惯、不好意思。好在这个名字平时并不使用。这里顺便提及，我的大嫂姓黄，也没有正式名字，也是"土改"时，我大哥给她起名黄立英。她的这个名字，有时倒还用得着，如后来成立农业社、人民公社，社员记工分，就用上这个名字了。大哥在晚年，倒常常当面叫她黄立英，这大概就是"与时俱进"吧。其实，在我母亲大嫂那一辈的农妇中，有很多人即使在"土改"后，仍然没有正式的名字，不过是张氏、

李氏之类而已。她们默默地在土地上耕作，生儿育女，燃尽生命之灯的最后一滴油后，便像秋风吹走一片落叶，无声无息地消逝。

我的外公叫曹嘉坤，继承了木匠世家的手艺。起码在方圆二十里内，很多人都知道木匠曹家，手艺出众。但他去世较早，大概在1922年。我在童年时，曾听母亲说过，她与我父亲王公恒祥成家后，外公曾来我家，母亲在村中小店买一个铜钱的红糖，放在焦屑（即焦麦面）里，用开水冲泡后，请外公吃，外公吃后非常满意。这在当时乡村的贫苦人家，称得上是待客的上等茶点了。母亲说，外公的木匠活，不但能干粗活，并且能挑大梁，如盖房上梁、架风车、造船上大捺（船两侧最关键的一根又粗又大的船板）；还会干细活，如做八仙桌、木箱、梳妆台、马桶等。外公死于噎病，即食道癌。外公死后，能继承其优良手艺的是二舅和老舅。母亲曾告诉我，二舅十四岁时，个子已经很高，但毕竟还是小把戏（小孩）面孔。有一次有家人来外婆家，请大舅给他们支风车，大舅不行，二舅便自告奋勇去了。这家当家的见后，说："来这么个小木匠能行吗？"二舅自尊心很强，一听扭头就走，后经好言劝说，才留下干活。他身手矫健，技术精良，当天就把又高又大的风车支起来。当八面由蒲叶制成的帆，在风的吹动下，使风车不停地运转，牵动水槽里的木板，不断将河水运送到稻田里时，田家放起了鞭炮，赞不绝口，夸小木匠本事真大。从二舅的故事里，母亲教我懂得：人，从小就应当有志气，并有真本事。

岁月无声逐逝波。转眼间就已是1947年秋天"土改"后，不少翻身农民家有余粮，便想经商，搞运输，于是造船成风。远的不说，与我村一河之隔的孙四爹，他的弟弟、我们庄东头的孙五爹，都请了十几个木匠造船。当时我在读小学，放学回家便去看孙五爹家造船。木匠师傅有二十多位，但我二舅、老舅，起了关键作用。我亲眼看到了上大捺的情景，二舅最后要把那块大的船板，使劲推向船体，满脸通红。在把麻丝与油灰用凿子塞进船缝时，需用斧头敲打凿柄，又是我二舅带头敲打，其他木匠师傅跟着敲，并随着他变换节奏，发出悦耳的声音，俨然是现代音乐中的打击乐章。半个多世纪过去了，那扣人心弦、催人奋进的木工乐章，随着二舅和老舅慈祥、亲切的面影，仍在我的眼前浮现，在我的耳畔回响。母亲一直要我像舅舅那样勤劳有本事，我一直铭记着。尤其是老舅的善良、刚直，更影响我一生。

　　对我母亲影响最大的人，是外祖母。她姓张，生于清同治九年（1870年），卒于1950年春天。那天全家人——包括我的父母，正在热热闹闹替她老人家过八十大寿，老人含笑而逝，成了真正的喜丧。乡人都说，老人能在庆祝生日那天去世，是很少见的，实在是件喜事，只有积德行善的人，才能有这个福分。外祖母很慈祥，我从记事起，即喜欢跟她在一起，对她及舅舅、舅母十分依恋。儿时常听母亲说起河西张家，那就是外祖母的娘家，用今天的话说，那里是她的根，也是我的根的重要组成部分。所谓河西是指建湖县与阜宁县交界的一条大河——俗名阿拉河的西边，靠近公兴庄（镇）的一个独村。因为常听母亲、外婆说起河西张家的故事，我对老外婆的娘家一直心向往之。直到1948年春天，我已虚岁十二了，外婆的大侄子——我喊他张大舅，托人带信给

永久的悔

我父母，说他们家大姑娘出门（嫁人），邀请他俩去吃喜酒。我父母忙于农活，加上无论是婚丧喜事，凡是受到亲友的邀请，母亲总是让我或二兄春才去，吃顿好饭。当时农村的宴席，简称"六大碗"，即羹、肉圆、红烧肉、鱼、百页、青菜豆腐。其中肉圆算是六碗中的上品，约定俗成，每人只吃三只。每当遇到这样的事——我的家乡称为"出人情"，母亲总要关照我们：要听大人的话，要喊人——也就是叫长辈，吃饭时要斯文，不能筷子乱夹，尤其吃了三只团子（肉圆）后，不能再吃，否则被人笑话。这次我主动要求去张大舅家出人情，母亲说好，给了我一万元（相当于现在的一元），算是人情钱，要我跟外婆的妹夫、与我同村的孙姨公同去。我们走了二十几里路，才走到阿拉河边。不久前，解放军华野第12纵队在河边与国民党军队打了一仗，河边用门板构筑的掩体，仍历历可数。在河对岸，有高高的碉楼。姨公说，那是大户人家防土匪用的，并不是国民党军队修的。我们乘渡船过河，没走多远，就看到了一个大风车。姨公说：这是张家的风车，风车前面那个小舍，就是张家。我向舅公、舅奶奶及表舅、舅妈们一一请了安，他们见我已读高小，个子又高，都夸我一表人才，说三姑奶、三姑爹（我的父母）真是好福气。我吃了喜酒，在房前屋后走了一圈，觉得这里地势较高，在阳光下，水田上面倒映着蓝天下一朵朵冉冉逝去的白云，觉得老外婆的娘家真美。我想象老外婆在这里度过的童年、少年的情景……呵，那还是大清王朝的时候呢，不管我怎么想象，脑子里总是模模糊糊甚至是空白一片。

　　然而，此行我觉得收获很大。河西张家虽世代务农，却有被古老农业文明长流水浇灌出来的农耕文化气氛。张家很重视礼节，客人入席，长幼有序，姨公年高德重，坐主席，但姨公谦让者再，方肯入席，其他人也是彼此谦让，良久才坐下，使我看到了古代乡饮酒礼的遗风。张大舅致辞时，先深深打躬长揖感谢亲友来贺喜。他当过村干部，致辞时几次说"因为""但是"之类，听者不免感到新奇。老舅公极爱听说书、小唱本。他的小儿子张三舅读过几年私塾，农闲时，读小说、唱本给舅公、舅奶奶等人听，有机会时，他们又把这些故事"批发"给别人。我的外祖母待人和颜悦色，彬彬有礼，很会讲故事，这跟她生长在河西娘家那样的文化氛围里显然是很有关系的。而我母亲堪称是外祖母最好的继承者，不但为人温和、慈祥、爱整洁，而且讲故事很生动，有时还表情丰富。大墩曹家与河西张家颇有相似之处。因外公去世早，大舅二舅都未上过学，目不识丁，只有老舅读过几年私塾，再加上他聪敏好学，不仅能经常给外婆、舅母、表兄等读小说、唱本，扮演着河西张三舅一样的角色，而且能写信，文从字顺。20世纪80年代，他给我写过两封信，信封的背面两头，分别写了"封""护"两个大字，俨然是清朝、明朝人写的家书，真是古风犹存。这两封信至今我仍保存着，睹物怀人，勾起我对老舅不尽的思念。回想起来，猫是老虎师傅的童话，是外婆教我的，而孟姜女、白蛇传的故事，是我儿时在炎热的夏夜，母亲在打谷场上，一边摇着麦秆编成的扇子，或挥动着用晒干的稻秧编成的拂尘，驱赶着蚊子、牛虻，慢慢讲给我——当然还有二哥、大姐等听的。有时我听着听着，就睡着了，第二天就缠着她再讲。至今我还清楚地记得，1943年盛夏，天气酷热。这年我虚岁七岁，晚上，夜幕低垂，当时没有任何污染，空气清新，数不清的星星好像就在我们的头顶上眨着眼睛。母亲正在打谷场上给我们讲故事，忽然一道红色的流星从我们头顶上穿过，庄上的维大奶奶、同三奶奶等，都立刻下跪，我大吃一惊，母亲忙说：不要害怕，刚才穿过去的叫祸殃，经过的地方都要死人，但年纪大的老人下跪，祸殃就一跪三千里，我们这块（这里）就不会有灾殃了。这大概就是母亲对我关于民俗文化最早的启蒙教育了。

母亲对我说过，她一辈子都不会忘记外婆对她的恩情。她儿时出天花，当时清末的穷乡僻壤，哪有良医良药？面部奇痒难忍，忍不住用手去抓，外婆则一再告诫她，千万抓不得，否则抓破了，就会成为麻脸。外婆并用旧布把她的手包扎起来，喂水喂饭，悉心照料。母亲感激地说：要不是你外婆奶奶把我的手包扎起来，当时我年纪小，肯定会用手在脸上乱抓，那妈妈很可能就是个一脸大麻子的黄脸婆了！母亲的童年、少年时代，中国还是个女人必须裹小脚的时代。用白土布，把两只脚紧紧地缠裹起来。母亲说：两只脚疼得钻心，晚上夜深人静，更疼得撕心裂肺，难以入眠，只好将两只脚不断朝墙上蹬。外婆看到母亲这样痛苦，实在于心不忍，说："算了吧！不裹了！反正你长大了，也是嫁给种田人，脚太小，还不好下地做农活呢。"于是，母亲终于从痛苦中解脱出来。但是，母亲的脚毕竟裹过，脚趾有些变形，便幸亏"解放"得早，究竟还是大脚，走路、干活，都与常人一样。其实，从这一点上也可充分看出老外婆的开明、宽厚。而我母亲，完全继承了老人家的宝贵品格。

二

　　我的母亲只活了七十岁（虚龄）。她的一生非常勤劳，但不幸的是，她多次遭遇过丧子、丧女之痛。

　　母亲十六岁时，经高作镇西北厢的木匠孙师傅介绍，与父亲王恒祥订婚。母亲曾和我说起当年订婚的情景：在媒人的陪同下，父亲身穿长衫，辫梢上系着红头绳——我一听说禁不住笑了，问道：啊呀，拖根辫子，还扎红头绳，好看吗？母亲微笑着说：好看——挑着一担礼物（有给母亲的衣服料子、茶食等），往她家走来。她远远地看着父亲，觉得他五官端正，人很精神，只是个子比较矮，还没她高呢（父亲身高大约一米六，母亲身高近一米七），第二年，母亲就和父亲在陆陈庄租邻人陈四文家的二间小屋结婚了。家乡有从汉唐传下来的结婚闹新房的风俗，"闹新房无大小"，有人简直是胡闹。当时家境十分艰难，无奈之下，父亲随二伯恒廉、五叔恒全，以及别的族人逃荒到我们老祖宗的老家苏州去谋生。用今天的话说，也就是打工。父亲一字不识，只能干最粗重的活。他抬过轿子，给虎丘山的游人牵毛驴、赶毛驴，后来则长期拉黄包车。母亲生下大哥后，一人操持家务，还要照顾还是小孩的六叔。（1955年，我考取复旦大学后，假期中去苏州探望二伯及六叔一家。六叔深情地说："你父母结婚时，我已丧母，就跟你父母睡在一个床上。老嫂比母啊，你妈妈待我就跟我母亲一样。"因为儿时的这个特殊经历，六叔对我母亲一直念念不忘，很依恋，见了她总有说不完的家常话。）母亲后来接到父亲来信，她抱着大哥，搭船去了苏州，与父亲团聚。虽说是家人团聚，但那是什么样的家啊，不过是搭在阊门一堵城墙下聊避风雨的窝棚而已。奋斗了几年，才好不容易在今天桃花坞街道尚义桥东河岸旁的一块堆满碎烂砖瓦的空地上，用泥土、毛竹瓦片盖起了三小间低矮的房子，算是有了比窝棚强的安身立命之地。其实，在我们家路北仅隔一条马路的就是"小人堂"，专门放死婴小棺材的地方，一到夏天，往往散发出阵阵尸臭。然而，父母就在这里生活了很多年，这里也是我的出生地。20世纪50年代，这个小屋还在，我曾在故宅门前停立良久，想起母亲、父亲的辛劳，禁不住潸然泪下。而今，这个旧居早已拆毁，盖起了属于居委会的小饭店。这些年来我每次去苏州，都要去看一下这个小饭店，坐在尚义桥上沉思回想着父母在这里度过的艰难岁月，感慨万千。

我所说的艰难岁月，是确如其分的，父亲拉了几年黄包车，收入微薄，后在苏州名医曹沧洲（曾给慈禧太后看过病）家拉包车，收入有所提高，但要养活一家人，父亲的压力十分沉重，他的背已经驼了。母亲去苏州后，到1937年秋避日寇战火，逃难回建湖的近十五年间，先后又生下五男二女，即春虎、小三、小四、春才、我，以及姐姐王保子、玉宝（后改名淑珍），喂奶、喂饭，把屎把尿，日夜操劳。保子姐六岁时，被病魔夺去生命。1935年夏，苏州霍乱猖獗，死亡枕藉，七天内三兄、四兄相继死去，他俩仅仅在人间活了五岁、三岁。春虎兄活到六岁，已读小学了，却不幸被疯狗咬伤，救治无效，抽搐三天后痛苦地死去。含辛茹苦养育的儿女一个个撒手人寰，母亲的眼泪一次又一次地哭干了！春虎兄的语文读本，父母一直保存着，后毁于"文化大革命"。我曾几次看过这本书，封面上有春虎的毛笔字签名，稚拙中透出童真。（显然是受了1927年大革命的影响，这个课本上有歌颂工农的内容，赞扬"工人拳头大"。后来我上大学后，买到了20世纪30年代尊孔复古者编的《历代尊孔记》，书中大骂这本教科书煽惑人心，鼓吹犯上作乱。）从此，春虎在我的脑海里，更加挥之不去。他没有留下照片，但我能想象他的面影。走笔至此，心中不胜苍凉。我的过早夭折的三兄一姐，如果生在富贵人家，很可能他们现在还活着，母亲又岂能空将血泪付东流！虽然他们去世多年，但母亲没有忘记当年失去他们的切肤之痛。我在少年时，常常听母亲说起他们的去世前后的情景，连连摇头叹息。

1949年春天，母亲又遭遇一次使她痛断肝肠的丧女之痛：小妹玲英不幸病逝。

这年春天似乎特别阴冷，已经过了清明仍常有凄风苦雨，我们还穿着冬天的棉袄。妹妹玲英，已经十岁，在大卜舍河东的卜家庄初小，读三年级，校长是孙竹老师。她自小聪明伶俐，长相端庄。皮肤虽不白，但大眼睛，鼻梁很挺，口齿清楚，善解人意。她四岁时，就缠着大哥（这时他是蒋王小学的校长）背着她到学校去玩，五岁时，就要求上学，大哥说她太小，母亲说，这小丫头这么喜欢读书，就让她去读吧，反正她想去就去，识几个字就算几个字，也不参加考试，就让她读了玩吧。就这样，她进了学校。当然她实足年龄才四岁，时间久了，就坐不住，便让她出去玩，或回家跟母亲在一起。1944年夏天，她得了痢疾，吃不下东西，病了几个月，瘦得皮包骨头，奄奄一息。所幸后来吃了沈王庄小学老师又懂医道的刘不麟先生开的中药，才走出死神的阴影。后来，母亲带她搭民船到苏州探望父亲，住了个把月，回来后特别高兴。她成天玩父亲给她买的一只檀香木制的小木鱼，用小木棍击打，发出笃笃笃的清脆声响。这时我们已搬家住在与蒋王庄西一河之隔的孤舍，租了绰号孙五聋子家的三间草房。门前的牛车篷边，就有一条沟头子（比较宽的水沟），玲英在沟头边把木鱼放在水上，以为它会飘浮，不料它立即沉下去，再也见不着。她伤心地哭了好久。岁月悠悠，六十多年过去了，玲英的哭声，仿佛仍在我的耳边抽抽泣泣。在1947年春节的玩文娱（文艺演出）及1948年夏天动员参军的文艺宣传活动中，她都参加了乡政府组织的文艺宣传队，与柏家排行老二的小妹妹，合演打花鼓，边舞蹈，边唱。她扮过小生，手拿小镗锣；也扮小旦，手拿花鼓。她记性很好，唱词背得很熟，演出时不需要大人提词。她每次演出都很认真，吐字清晰，唱到最后一句，都会跳一下，转身，与小柏几乎脸碰脸。母亲非常欣赏她那一跳的动作，认为很亲热、很优美。演出结束后，玲英回到家里，母亲连连夸奖，笑着说："妈妈就喜欢你那一跳！"1948年夏天特别炎热，宣传队中高作镇上一位姓吕的扮演《小放牛》中牧童的少年，及与我一起演出"打连湘"的家兄春才，都热得中暑，当场晕了过去。玲英这时实足年龄才八岁，满脸淌汗，却从不叫苦叫累，在酷日下跟宣传演出队，走遍全乡一个又一个村庄，在打谷场或麦田里演出，受到乡亲们热烈欢迎。但是，谁能想到，1949年4月，死神却突然把魔爪向她伸来。有天中午，她放学回家，走路有点跛，母亲问她怎么回事？她说右腿腿根有点疼，母亲还以为是不小心扭伤了，并未在意。中饭后，她仍坚持去上学，可是傍晚放学回家后，我大嫂对她说："小媬（姑），宝宝（指侄女爱云，后来三岁时不幸患惊风去世）在哭呢，摇一会儿摇篮怎么样？"玲英痛苦地说："大嫂子，我腿像话（厉害、严重）疼呢，没力气摇了。"她头上冒着冷汗，晚饭也吃不下，身上发烧。父母这才感到问题的严重。第二天一早，父亲去高作镇上请唯一的私人医生，也是本家堂叔王恒保（后改名王体元）前来诊治。此公做过小学老师，1944 年他在蒋王小学教书时，我和春才都是他的学生。他主要是靠自学，学会治病。在蒋王小学教书时，他家中就已有药柜，放有很多中药，供患者治病用。中国传统知识分子向来有亦儒亦医的传统，一边授徒教课，一边悬壶济世。看来恒保叔也是继承了这个传统。他脸色较黑，微麻，近视眼，穿着长衫，有时来我们庄上聊天。庄东头的孙二哥玉堂，也曾经是他的学生。我清楚地记得，他有次拿来几本盐城徐某编的《徐氏类音字典》给我看，说徐某跟他是一家子，并翻开书本，指着徐的照片，对我说：你看，假山后修竹新篁，多高雅！并说他要去盐城拜访徐某。他很喜欢谈盐城掌故，盛赞清末盐城知县的梅花诗写得极好，并当即背出。他读过几年私塾，后来去上海，买了一些中西医的书籍回来自学，无师自通，成为乡村医生。至于医疗水平，可想而知。解放初，他搬家到高作镇后街，开私人诊所，土墙上刷了石灰，写着"中西医内外科"几个大字，未免夸张其事。恒保叔来我家看了玲英的腿，腿根红肿，他诊断是"离胯疽"，要父亲将大蒜捣烂，敷在患处，又要他用竹篾扎一个喇叭形的筒，糊上纸，将艾点燃，艾烟经过纸筒直薰患部。可是，经过这样的治疗后，病情却急转直下，玲英不停地说着胡话。母亲非常担心，与父亲商量后，第二天下午，赶紧请人去湖垛镇，让当时在湖垛镇小学担任教导主任的大哥回来。大哥闻讯先向镇上的一位医生咨询，买了一贴"消治龙"膏药，当晚走了25里路，赶回家。大哥一摸玲英的脑门，烧得烫手，立刻把膏药贴在患处，但无济于事。一个小时后，她呼吸渐弱，进入弥留状态，母亲见状不妙，一边哭，一边喊着"玲英啊！玲英呐！"给她换衣服。女孩生命的本能驱使，在给她穿裤子时，她竟然用手极力往上拉，以致手上沾了不少膏药。穿好衣服后，她就在全家人的哭声中，永远告别了泣不成声的母亲、忍不住放声大哭的父亲，以及挚爱她的兄、嫂、姐姐，她抱过、哄过的侄子爱东、侄女爱云……按照乡俗，父亲把她抱到外间堂屋（进门第一间），地上已铺了一张席子，让她头朝北，躺在席上。母亲给她梳头，扎好两条辫子，我清楚地记得，她的头发浓密，辫子快与肩齐了。农家女孩哪有什么好衣服，她是穿着一身浅红带格子的土布衣服及母亲给她千针万线纳（制）成鞋底的布鞋走的。父亲似乎不相信她已死去，不时把手伸进她的衣服内，摸摸她的胸口，叹息着说"玲英胸口还是热的"，总希望她的心脏能重新跳动，活过来。其实，父亲不知道，她是发着高烧去世的，遗体不会很快就冰凉。人已故去，入土为安。第二天天亮，父亲托邻人去曹家，请老舅为她打棺材。老舅进门，摸着玲英的手，叫着她的名字大哭一场。他用床板为玲英做了一副棺材。中午时分，父亲和大哥将玲英抬进棺内，老舅没想到，她虽然只有十岁，个子已经很高，只能勉强将她放进棺材内。盖上棺材板前，全家人知道今后再也看不到玲英了，都放声大哭，邻人也都流下了伤心的泪水。按照乡俗，舅舅是不能为外甥女封棺的，否则对舅舅不利。但老舅毫不犹豫地拿起斧头，哭着为玲英封棺。母亲说，玲英喜欢念书，把课本装在书包里，放在棺内，好让她在阴间继续上学。她喜欢玩铜钱，母亲把二十几枚铜钱，放在旧罐头盒内，连同大哥给她买的一个皮球，一起放进棺内。邻人蒋大爷、孙五爷将棺材抬到我家田里靠近田埂处，挖土埋下，垒了坟头。玲英的去世，给母亲造成了沉重打击，她明显地衰老了。玲英还留下一本作文本，一直保存到"文化大革命"被毁。她的毛笔字一笔不苟，作文本很整洁。我曾拿给母亲看，她眼泪哭干了，唯有长叹。这年夏天，母亲曝晒衣服，看到玲英的衣服，特别是她的棉鞋，母亲又不禁叫着"玲英啊！玲英啊"，大哭起来，边哭边说："这双鞋穿了一个冬天，还像新的一样，鞋内一个褐斑都没有啊。"受母亲影响，玲英很爱整洁，从不弄脏衣服。她很节俭，父母、舅舅过年给她的压岁钱，她根本舍不得花，过了年都交给母亲。母亲给她煮个咸鸭蛋，她舍不得一次吃完，居然吃两三天才吃完。玲英的去世，成了母亲也是全家人心头永久的痛。我比她大三岁，少不更事，常与她拌嘴，甚至嫌她不听话，老是到母亲那里告状，说我偷偷下河洗澡，母亲怕我淹死，总要严厉训斥，我迁怒玲英，不但骂过她，还打过她。她去世后，随着我的长大，每念及此，我特别懊悔，也更加怀念她。读高中时，我写过比较长的新诗悼念她，诗稿一直保存着，直到"文化大革命"时被"四人帮"的爪牙抄走，毁灭。我常常梦见她，还是生前模样，似乎在阴间，小孩子不会长大似的。2008年清明节前，在我即将动身返乡为父母也为玲英扫墓前夕，我忽然梦见玲英与

永久的悔

几十个女孩头顶红布，举行集体出嫁仪式。礼堂的墙壁上，点着无数红蜡烛，但烛光微弱，在冷风中幽幽地摇曳着。不见父母和其他家人，也见不到一个新郎，场景凄楚、诡异，我禁不住老泪纵横，直至哭醒。返乡后，我将这个梦境说给大哥听，他百思不得其解，唯有叹息。十多年前，在我的提议下，大哥以我们三位兄长的名义，在玲英已迁至父母坟边的墓前，立了一块碑，刻着她的名字与生卒年。如果她地下有知，当经常偎依在母亲、父亲膝下，共叙天伦。

三

母亲生我养我，我对她的报答，微不足道，特别是随着我步入老年，回首往事，痛感对不起她，我欠她的太多、太多了。

1937年农历四月九日清晨，母亲生下我。春才兄仅比我大两岁，母亲既要呵护我，也要照顾他，分外辛苦。不久，随着大上海的沦陷，日寇轰炸苏州，法西斯的铁蹄蹂躏江南，向南京进逼。我家的邻居都是没文化的草民，母亲抱着我离开家门，躲避轰炸时，他们纷纷告诫母亲："抱着小孩怎么行？小孩哇哇一哭，日本鬼子飞行员听见了，朝我们头上扔炸弹，我们全都没得命了！"今天看来，说婴儿的啼哭，日寇飞行员能听见，简直是天方夜谭。但在那"乱离人不及太平犬"、人们乱哄哄争相逃命的时刻，母亲怎能拗过众人？只好把我放在家中，上面加了一个木盆，以事保护。等日寇飞机飞走，母亲赶紧跑回家中。见我仍在熟睡，一颗吊着的心才放下来。"山河破碎风飘絮，水深火热是贫民。"父亲和母亲商量，兵荒马乱，在苏州没有安全感，生计更加艰难，不如他留下帮曹沧洲医生看守家业（曹家已举家避难乡下），母亲和我们回江北，投奔外祖母。秋天，母亲抱着我，带着大哥、二哥、姐姐，乘逃难民船，踏上归程。有时敌机在上空盘旋，母亲抱着我，只好躲到河岸茅草丛里。在外婆家暂时落脚后，有一家富户的新生儿缺奶，有人曾介绍母亲去给这孩子喂奶，当然是给钱的。但母亲拒绝了，说："我的奶水只够春瑜吃，我不能让自己的伢子（小孩）饿着。"我懂事后，母亲曾跟我说起这件事，我感激她的慈母之爱。我从虚龄四岁开始就记事了。这一年，有两件大事：一是大哥结婚，家中来了很多亲戚，老舅妈还送了我用布缝制的玩具小毛驴，我非常喜欢。大嫂是坐船，经蒋王庄后的小河旁靠岸，走进我家新房的。大哥画了好多张三国戏里的董卓、吕布、貂蝉，以及身上爬满小孩的大肚弥勒佛、刘海戏金蟾，裱起来，挂在墙上。次日早上，我走进新房，大嫂已起来，从碗里拿了两个大枣给我吃。当然，我也依稀记得这婚姻的风波：大哥作为知识青年，想反抗这场他还在孩提时就订下的，对妻子一无所知、毫无感情的婚姻，但无用，激愤之下，他用小刀戳破自己的大腿，血流如注，表示绝不结婚。父母请来他在苏州读小学的一名同窗劝说他，无效。父亲终于发了火，用皮带打了他一顿，万般无奈之下，大哥只好同意结婚。在这场风波中，母亲除了苦口婆心地劝说，抹眼泪，还能做什么呢？再一件大事，就是这年秋天，新四军的一个连队住到我们庄上。随着抗日民主政权的建立，1942年，贫穷的蒋王庄终于有了庄上有史以来第一个新式的抗日民主小学——蒋王小学。这年我虚岁六岁，与春才一起上学读书。母亲的手很巧，用土蓝布为我和春才各缝了一个书包，背在身上上学，别的小伙伴见了，都很羡慕。他们多数人都没有书包，只好手拿书本、笔墨去上课。虽说是新式小学，私塾的遗风犹在。开学那天，母亲包了一菜篮粽子，煮熟了，送给文弱书生夏一华老师和同窗分食，我们还给老师磕了头。我自幼脑子灵活，反应敏捷，夏老师很喜欢我，便让我当了小组长。母亲知道了，眉开眼笑，以后每天早晨，都叫醒我，笑着说："小组长，起来吧，吃早饭，上学去。"并帮我穿好衣服。我在七岁时，在大哥的辅导鼓励下，曾在陈吕召开的峰北乡村民大会上演讲，说新四军攻克阜宁的意义；九岁时，又在西北厢召开的高作区抗日儿童团成立大会上演讲，宣传抗日，并当选为区儿童团文娱委员。我自小胆大，并不怯场，在乡里传为佳话。直到我上了大学后回家探亲，父亲还告诉我，有次他在西北厢北边割牛草，有位也在割牛草的老汉与他攀谈起来，说："你家的春瑜，九岁时就敢在全区大会上演讲了，难怪他现在上了大学，将来一定有大出息！"难得的是这位老爷子，时隔十多年后还记得我那次演讲，但至今我并无大出息，真是辜负了这位老人家的厚爱，愧对江东父老了。

但是，我自幼顽皮、淘气，不断给母亲带来麻烦。五岁那年母亲下地割麦，跟我说："小三子，你就跟妹妹玲英一起在家玩吧。"我不肯，偏要跟她下地。母亲只好同意。她带了两把镰刀，一把备用。母亲割麦时，还特地关照我："你人还小，可不要拿镰刀啊！"话音刚落，我就拿起镰刀，试图跟她一样割麦，但手起刀落，砍在左脚背上，立刻鲜血直流，痛得我哭了起来。母亲立即从穿的大褂上撕下一块布条，把我的脚包起来，背我回家。一路上抱怨我："你就是不听话！叫你不要碰镰刀，你居然拿刀割麦子！你才五岁，怎么拿得动啊！"转眼间，六十五年过去了，我的左脚背上，还留着那块刀疤，真是不听母亲言，吃亏在眼前。教训深刻啊！

我六岁那年夏天，下了几场暴雨，河水猛涨，我和春才去河边玩，不小心栽到河里。幸亏春才及时挣扎着爬起来，向母亲报警，母亲赶紧请了邻人蒋国仕（俗称银二爷）等，跑到河边时我已被河水冲走，不见踪影。银二爷立即下河，游到河中心时，隐隐看到有个小辫子在沉浮（我留着所谓"分头"，夏天出汗多，母亲便给我梳了一根朝天辫子，还扎着红头绳），马上游过去，把我救到河岸上，倒提双脚，我吐了不少河水，才活过来。母亲受此惊吓，严厉禁止我和春才学游泳。家乡是水乡，河流密如蛛网，下河游水有着巨大的诱惑。直到1946年夏天，我九岁了，才在同庄小学同学王桂凤（后改名王瑞符）、王桂田、王斯鼎等的带动下，偷偷学会了游泳。一波刚平，一波又起。这年秋天，我在露天厕所如厕时，一条草蛇突然穿过，与我一起玩的小伙伴蒋宝佐发出惊叫，我猝不及防，后滚翻跌入农家积肥用的很深的厕内，遭到没顶之灾，吞进很多糟粕，至今每一思及，仍觉恶心、揪心。宝佐平时反应迟钝，这次却甚机敏，飞奔到庄上，叫来我大嫂，将我救起。母亲大惊失色，不嫌脏臭，给我脱光衣服，用河水冲洗全身。不少庄民围观，有几位老太太都对母亲说："跌进厕所的小孩，肯定活不过三年！快拿刷马把（用竹片扎的刷马桶的刷子）在春瑜头上用力打三下他就能活过三年！"母亲照办了，但哪里舍得用力打？不过是轻拍三下而已。不知道我一直活到现在的老而不死，是否要归功于刷马把的三击顶？奇怪的是，尽管我读书甚杂，但从未见文献上有此记载，大概是古代"淮夷"遗留下来的奇风怪俗吧。第二年夏天，我再次闯祸。与春才到大西庄的河岸旁，无端要将桥板捧起，可是费尽九牛二虎之力，我刚把桥板捧起几寸高，便无力再捧，立即放下，右手中指被砸下一块肉，仅有一根筋连着。春才见状，忙将这块肉复原，用手捏着，拉着我跑回家，在供奉灶神的香炉里，抓了一把香灰，捂在中指上，用布条包得严严实实，并嘱我不可告诉母亲。可第二天，母亲还是知道了，把春才骂了一顿，说他不带好头，更骂我："饭养黄了牙，捧桥板干什么？那是好玩的吗！把手指砸烂了，那还了得吗？"并发狠要打我们一顿。然而，母亲也只是说说而已。她拆开布条，重新又撒了些香灰，用比较干净的布包裹起来。我照样玩耍，并不感到怎么疼痛。个把月后，母亲拆掉布条一看，那块肉居然跟手指长在一起了，只是留下一道非常明显的伤疤，而且右手中指，比起左手的中指，又粗又扁，直到今天，伤痕依旧。母亲不禁笑着说："小三子，算你命大，灶神爷保佑你这只手指头，跟没受伤一样。"

儿童都有些叛逆心理，我在童年时，更相当突出。有一次，母亲叫我到大西庄去"出人情"，我与这家人家的小孩闹过别扭，不想去，母亲说我不知好歹，有"六大碗"不去吃，干脆家里饭也不吃算了！她分明说的是气话，我却顶真了，躲了起来。吃中饭时，没有找到我；吃晚饭时，还不见我踪影，这下母亲急了！一家人在庄上到处找我，眼看太阳已经落山，庄上人七嘴八舌，怀疑我恐怕玩水，淹死在河里了，大哥只好下河寻找。后来，还是一个成天淌着口水、说话有些结巴的青年在草堆旁发现了我，大声叫着："春瑜在这里呐!"家人、庄上人才松了口气,"解除警报"。母亲看到我,骂也不是,打也不是,叹了口气,说:"你已经两顿饭都没吃,赶紧回家吃饭吧。"现在看来,我在顽童心理支配下演出的这幕闹剧,太无道理,真是害苦了母亲。

我真的太淘气、贪玩了。四岁时,我就睁大好奇的眼睛,在家里乱翻东西,总想找出好玩的东西,把母亲的针线匾、大哥的书籍、写字台的抽斗等,翻得乱七八糟。母亲打我的屁股,大哥揪我的耳朵,并无成效。我到处乱跑,在赤日炎炎下爬树掏鸟窝,钻到草堆里捉迷藏,而且常常是一丝不挂。又怕烫,不肯用热水洗澡,结果头上长了很多虱子,还害了不少疖子(长脓包),母亲还得抽空给我蓖头,挤脓包,再用豆叶贴上去。他一边挤,一边说:"知道你疼,不挤不行哪!你太皮了,毒日头下瞎跑干什么呀!你要是满头都是疤,长大了媳妇都请(娶)不到!"母亲的话,我哪里听得进去?照样疯跑。至今,我的右太阳穴上、头部、后脑勺,都留有不少疤痕,都是童年顽皮付出的代价。所幸我继承了父母的优势,头发多而密,将疤痕都盖而不彰了,因此对娶媳妇毫无影响,幸何如也。后来,我曾对妻子过校元女士说起这些童年往事,她拨开我的头发,说:"你是野人。"平心而论,我小时候真是太野了!我经常做一些莫名其妙的玩具,小木棍、竹竿等,都用牙咬断。母亲曾笑着说;"我看你除了生铁,还有什么咬不断的?"我知道,她是说我像老鼠似的。

从童年到少年,由于我太顽皮,喝生水、受凉,经常感冒、发烧、闹肚子疼。穷乡僻壤,缺医少药,发烧时,母亲用一块冷毛巾敷在我的脑门上并端来一碗麦片饭,放了几块咸菜,说:"头疼发热,干饭一咽!"那个年头,我家常常是

一天三顿糁子（碎大麦片）粥，吃顿干饭，就是改善生活，增加营养了。有时我烧得比较厉害，吃不下，她便去老舅家，借来一些大米，放在小的布口袋内，置于粥锅内，粥熟了，袋里的米饭也熟了。母亲说："你看，这是白米饭呀，吃吧。"我起不来，她便喂我吃。我病情稍缓，能自己喝一碗粥了，母亲便感叹地说："唉，你什么时候能吃上饱饭了，伤风就好了。"这样的感叹，我也记不清母亲说过多少遍。但有的时候，我发着高烧，总不见退烧，母亲疑心我是被哪位已死的长辈游魂摸了头，便用两根竹筷放在碗内，左手扶着筷子，右手掬了一把水，慢慢浇到筷子上，口中不断叫着"是爹爹吗？奶奶吗？外公吗"等等，如果叫到谁左手脱手，筷子能站立不倒，就立刻到门外给这位亡灵烧纸钱。这样弄，有时我还真好了。现在看来，这与扶乩一样，其中有很深奥的心理因素，起码有着心理暗示、诱导的积极作用。但有时无用，我仍然烧得厉害，母亲疑心我在外面玩，把魂丢了，便在门外给我叫魂。母亲高声叫道："春瑜家来！"我大嫂立即在家中应道："家来了！"这样要叫很多遍。夜深人静，我听着母亲凄厉的呼唤，随着冷风越过树梢、越过屋顶，消失在空旷的原野里，悲凉、恐惧，在我的心头久久驱之不去。第二天，邻人都来问讯："春瑜好些了吗？"母亲忙说："难为你呀，好些了。"我肚子疼时，母亲会用两个大拇指按摩，仍不见效，便用量米的升筒，将纸点着，放进筒内，然后扣到腹部，把寒气吸出来。此法俗名叫拔升筒，很有效。我也记不清母亲给我拔了多少次。但有时候，母亲这一招也不灵了，我肚子痛得在床上打滚，只好请业余扎针灸的乡亲，给我扎针。先后有陆陈庄卖牛的孙大爷（人称孙大师）、韦家庄的陆永柏（曾当过村长，故人称陆村长）、大卜舍南的吉如松（人称吉爹爹，当过生产队长）。他们都是义务行诊，为人厚道。陆村长患有胃病，身体很差，但每次为我扎针，都很热情、周到。这二位前辈在二十世纪五六十年代相继去世。

1945 年春天，我们一家住在大西庄本家王二爷及王斯和兄的家中。我、春才、玲英、侄子家俊（后改名爱东），都患上麻疹，我和春才都病得很严重，发着高烧，眼睛睁不开，不能进食，只能不住地呻吟，母亲给我们喂水喂饭。入夜，她通宵没有合眼，守护着我们，几次开门，看天亮没有。好不容易熬到天亮，她请来邻人孙二爷（小名二飞）和斯和兄，用门板当担架，把我和春才抬到六里路外的高作镇北的一位中医家，经诊治开了中药，回家服下，几天后，退了烧，才逐渐康复。斯和兄是党员，后被秘密派到无锡工厂搞工运，死于肺病；孙二爷病逝于 20 世纪 60 年代，他们都曾有恩于我，我深切地怀念他们。这年夏天，我的叔母（六叔恒万妻）来我家玩，母亲准备包饺子招待她。春才打着伞，冒雨到河岸旁割韭菜，不料河对岸地主孙兰清家的一条恶狗，竟游过河来，追着春才狂吠，他用纸伞抵挡，狗把纸伞也咬碎了。虽然，所幸狗并未咬到他，但他素来老实、胆小；一经此吓，大概是胆破了，一病不起，没几天就面黄如纸，吃了医生开的中药，也不见效，病势日益沉重。有一天，春才已人事不知，母亲以为他要撒手人寰了，哭着替他换了过年才穿的新衣。情急之下，母亲请人叫来孙大师，他看了春才病状后，沉稳地说："没事啊，有救呢！"掏出几根银针，在腹部、腿

上扎了下去。果然，也不过一顿饭工夫，春才的病情便明显好转，晚上，他想喝粥了，母亲高兴地说："好啊，他想吃饭了，真的有救了！"走笔至此，不仅想起某些人，竟然胡说中医是伪科学，必欲弃如敝帚而后快。一派胡言，倘没有业余中医孙大师，春才还能活命吗？就连我，倘不是中医治好我的病，恐怕早已到阴间的第一把手那儿，报到过了！

四

母亲一生勤劳，辛辛苦苦。1946年，"土改"后我家分到了三间房，十六亩稻麦两季的好田，两亩有待开垦、一年免税的荒地，父亲也告别苏州，买了耕牛，回家务农，从此生活水平得到明显改善。但母亲勤俭持家，依然终年粗茶淡饭。但是，我和春才小学毕业后读初中，初中毕业后，我读高中，春才读工专（华东第二工业学校，在扬州），我后来又读大学，母亲及父亲等宁可自己"汗滴禾下土"，节衣缩食，也要供我们上学。读大学期间，我差不多一年两次，回家探望母亲、父亲。后来当了研究生，我与过校元女士结婚后，也会冒着严寒，回家探望母亲、父亲。校元虽生在无锡城里大户人家，毕业于复旦大学物理系，但为人善良、质朴，母亲很喜欢她。第二年，我儿宇轮出生，他满月后，我拍了照片寄给母亲，母亲看后，格外高兴。但谁能想到，"文化大革命"开始后，我因参与上海第一次炮打张春桥的活动，多次被整，到1970年春，第三次被隔离（其实比坐正式的牢房，有过之无不及），被打成"现行反革命分子"，过校元因受株连，被迫害而死。母亲深知我素来个性倔强，怎么能受得了如此屈辱？宇轮才八岁，我怎么能照顾好他？此时母亲已患了食道贲门癌（开始被误诊为胃下垂，无疑延误了诊治），我家破人亡的遭遇，无疑加重了她的病情。她在病危时，头脑非常清醒，要我大哥立即给上海师大拍电报，要我带着宇轮，赶回去，见最后一面。可是，由于"四人帮"爪牙的刁难，等我们父子赶到村口，邻人孙二嫂沉痛地对我说："你老妈妈昨晚已没了，连夜下葬。"从此，我就永远失去了母亲！进了家门，我放声大哭，家人也都跟着哭起来。傍晚，大哥、侄子爱南等，陪我到母亲的坟前祭拜，爱南不顾大哥的劝阻（当时正是"文化大革命"中期，严禁土葬，母亲还是棺葬的；又严禁焚化纸钱，说这是迷信、"四旧"），烧了几张纸钱。是时也，暮色沉沉，寒风萧素，我的热泪，洒在燃着微火的纸钱上，心中悲凉到极点，这沉沉黑夜，何时是尽头？在回家的路上，我高一脚、低一脚地踏在田埂上。我已很多年没有在夜晚走乡间小路了。忽然想起刘半农作词、赵元任谱曲的不朽名作《教我如何不想她》的最后一段："枯枝在冷风里摇，野火在暮色中烧，啊，西天还有些儿残霞，教我如何不想她？"此情此景，引起我对这首歌词的强烈共鸣，也加深了对它的理解。年年月月，每当日暮时分，遥望西天天幕上的些儿残霞，我便想起了当年跪在母亲墓上痛哭的情景，无边的思念、悔恨，便涌上心头：倘没有我在"文化大革命"的惨痛遭遇，母亲不会走得那样早。可是，今生今世，我是无法弥补了。我不知道有没有来世？如有，我要告诉母亲：我还要做您的儿子。但您放心，我再不会像今世那样顽皮，给

世
间
情

您添乱。如果您还是农妇，我只读完小学，就跟您一起务农，"日出而作，日入而息"，听您讲故事，我也读古典小说给您听，再不会参加保卫谁、打倒谁的无聊勾当，让您担惊受怕。母亲，您知道，我也已七十岁了，看透了世事、人生，您要相信，儿子说的这些话，是句句出自肺腑啊！

母亲，我是多么地怀念您……

2007 年 7 月 10 日下午

挥泪写毕于京华老牛堂

父爱如山

——怀念先父恒祥公

先父恒祥公（1894年5月4日—1975年2月22日）逝世已经39年，他去世时，我正当壮年，而今我也已是风烛残年的望八之人了。但老父的慈颜，几乎天天在我的脑海里重现，虽然他沉默无语，但我内心仍倍感温暖，"无声胜有声"，他是我无声的榜样：诚实、厚道，勤劳一生。

先祖凤高公、祖母吴孺人在世时，家中仅有5亩薄田，育有五子一女，生活贫困。先父行三，七岁时，祖母去世，无钱读私塾，成了文盲。13岁时，便离家到北厢——一个很大的村庄，在一家孙姓富农家里当小长工，养牛、耕地，小小年纪，终日辛劳。1932年夏天，家乡建湖县遭受严重水灾，祖父病故，棺材却无法安葬，只好吊在祖坟的两棵老榆树上，等秋天大水退后才安葬。为了生计，父亲跟着二伯恒廉公等族人，辞别家母及长兄春友，逃荒到苏州，落脚阊门内桃花坞街道尚义桥东一处贫民窟。他不识字，只能当苦力，赶过毛驴、抬过轿子、当过门房，最后以拉黄包车谋生，一直拉到1946年家乡土改，我家分到16亩良田，父亲才重新回乡务农。十多年间，年年月月，多少个晨昏日夕，雨雪交加，父亲拉着黄包车，迈着沉重的步履，穿行在苏州的大街小巷。

苏州号称东方威尼斯，河道纵横，古老的拱形石桥密如蛛网。父亲拉着客人，不断上桥、下桥，上桥时，偶有善良的客人，跳下车，走过桥，再坐上车，但多数客人不会下车，拉上桥，再下桥，特别费劲。父亲每天都是大汗淋漓，而冬天，汗水很快冰凉，身上很不好受。父亲只有一米六高，沉重的生活重担，压得他背有点驼。1937 年夏天，日寇占领苏州后，他逃到苏州乡下，趴在麦田时一阵"邪风"吹过，导致一只眼睛几近失明。这年秋天，父母商量后决定，母亲抱着还在襁褓中的我，跟大哥、二哥、姐姐一起，随难民船一起逃往江北老家投奔外祖母，父亲则继续留在苏州拉黄包车，苦度光阴。

等我长大记事，见到父亲，已是 1943 年夏天，那时我已虚七岁。父亲跟几位老乡搭民船过江，路经黄桥，被和平军抄走随身带的六块大洋（银元），其中五块大洋，还是老家在长北滩的邻居王小毛托他带回的，父亲后来拿了五块银元送给王小毛母亲，只字未提被和平军抢劫的事。父亲对母亲说，受人之托，就要承担责任，负责到底。父亲的忠厚、仗义，可见一斑。父亲给我们带了几斤山西红枣，语重心长地对我与二兄春才说："小二子、小三子，我是睁眼瞎，一字不识。你们两个要好好读书，将来才会有出息！"父亲回苏州，三年后，即前述 1946 年秋土地改革后，家中分到 16 亩稻麦两季的良田，父亲才回家务农。父亲特地买了几支钢笔托船工藏在篙子里，送大哥、二哥、我一人一支，我高兴极了。父亲还带了不少美军二战后的剩余物资牛肉罐头，他舍不得吃，都给我们弟兄及姐姐淑贞、妹妹玲英吃了。

我儿时顽皮，也不注意卫生，夏天经常下河游泳，抓鱼摸蟹，生吃草虾，经常肚子痛。十三岁那年。我已身高1米68，大伏天，从河里上岸不久，就肚子激烈疼痛，满头大汗，呻吟不止。父亲见了，立刻背起我，走了三里地，到高作镇医院就诊。一路上，有几个路人都说："老爹爹，你儿子这么大了，你还背他，怎么这样惯他啊！"父亲一声不吭，只顾赶路，当中也未停下休息。经医生检查，我得了急性肠胃炎，当场服了药，还扎了针灸，不到一小时，我就不疼了。回家时，他默默地跟在我身后，没有半句怨言。

我努力读书，深感不能辜负父亲、母亲的心血汗水和深仁厚泽。特别是我和二哥一起考上初中后，父亲用小船运了二石小麦，到高作镇上卖了，给我俩筹足学费。我上高中、考复旦大学、读研究生，父亲都全力支持。他跟外村老汉割牛草时聊天，那位老爷子说，大卜舍有个王春瑜，七岁时，在高作区全区村民大会上，代表抗日儿童团演讲打鬼子的重要性，头头是道，真不简单！父亲笑着说："他是我三儿子。现在在上海复旦大学读书。"那位老爷子说："您真是好福气。"1956年夏天放暑假时，我回乡探望父母，父亲特地将外村老爷子的话告诉我，他笑眯眯的，发自内心喜悦。

"文化大革命"期间，我因参加了1967年1月28日复旦大学"炮打张春桥"的活动（简称"1.28事件"），多次挨整。后来，在上海师大全校大会上，我被打成现行反革命分子，监督劳动。父亲赶到上海，给我背了一段毛主席语录："下定决心，不怕牺牲，排除万难，去争取胜利。"他是家乡高作人民公社（今高作镇）"贫下中农协会主席"，工宣队不好说他什么。后来，父亲又安慰我："过校元（我妻子，一位年轻的物理学者，红外线专家。1970年春被迫害死）是好媳妇，就这么没了，唉，可怜呐！你将来的帽子一定会摘掉的，到时再娶一个，不又团起一家人嘛！"父亲的鼓励，对我是莫大的安慰，支撑我度过漫漫长夜。遗憾的是，他没有等到我平反、重见天日，于 1975 年 2 月不幸辞世，虽然享年 83 岁，称得上是高寿，但对我来说，没能在我平反后孝敬他老人家，实在是抱憾终身。如有来世，我一定好好报答他。愿老父在天之灵安息。

2014 年 12 月 31 日于北京老牛堂

家　姊

　　87 岁的家姐淑珍因患肺癌病危，我与女儿芃芃，和定居成都的家兄春才、侄女爱茹，闻讯立即赶到苏北老家建湖县芦沟镇去看她。此时她已经神志不清，但左手仍不停地在胸部挠来挠去，显然是癌细胞扩散到全身疼痛难忍。家人一直瞒着她，她始终不知得的何病。她还说过，只要不是得的癌症，就没事。面对她气息奄奄、生命垂危的病体，想起她艰辛的一生，特别是在我最困难时我们的姐弟情深，我不禁痛哭失声。

　　姐姐是我们弟兄 3 人的牺牲品。儿时家贫，父亲在苏州拉黄包车，家母、大哥、大嫂佃种堂叔的 4 亩地，颇为辛劳。我和二兄春才、妹妹玲英（她颇为聪明，5 岁就上小学了，不幸 1949 年 10 岁时病故，给全家人留下永久的伤痛）都上学，母亲跟姐姐说，你不能上学，帮我种田，她欣然同意。那时姐姐一头乌黑的头发，梳着粗大的辫子，插秧割稻，挑担子，风风火火。姐姐为人大气，记忆很好，她若上学，一定成绩优秀。

　　至今我还记得她给我唱的民谣"变吧变吧螺螺，螺螺不吃回头草，带住江南往北跑"。当时，我并不知道这首民谣的意思。到我长大，读了复旦大学历史系，研究明史，才知道这首民谣包含着丰富的历史内容。明初朱元璋攻打原籍盐城伍佑镇、盘踞苏州称吴王的张士诚，灭吴后，将大量苏州百姓遣散至苏北耕种，史称"洪武赶散"。当时按照军事编制，编伍以成行列。所以这首童谣准确地说，应当是"编罢编罢螺螺，螺螺不吃回头草，带住江南往北跑"，"螺螺"乃方言"路伍"一音之转。这是移民们怀念江南故土的真实记录。

经丰北乡蒋王庄姚三妈做媒，姐姐19岁时嫁给张家庄比她小1岁的张官保。官保家有几亩薄田，但其祖父张老爹嗜酒，每顿牛饮，背了一身债务，而这些债务都是姐姐、姐夫省吃俭用帮他还上的。姐姐生下7个儿女，都健康长大，她花费了多少心血！姐夫虽然后来有了工作，但由于学历低、资格浅、工资低，全靠姐姐种地、纺棉花挣钱养活他们。

姐姐虽然是普通妇女，但在抗日战争、解放战争中，仍然做出了积极的贡献。新四军的一位五十多岁的伤员老乔住在我家养伤，春才睡的铺让给老乔睡。他腿上溃烂，不能行走，姐姐和母亲、大嫂为他端茶、倒尿盆，待如亲人。1944年秋，新四军三师一部疗养所移师北上，离开蒋王庄，老乔被担架抬走，他连连挥手，依依不舍。这时我们才得知，他是山东人，老红军战士。

姐姐手巧，她响应抗日民主政府号召，做了不少军鞋。她还响应政府号召养蚕，把蚕丝卖给政府，政府再卖到敌占区，筹集经费。我现在还清楚地记得，1946年土地改革，我家定居在大卜舍，她牵着我的手，过桥到一个大村庄"西北厢"一栋楼上，卖掉蚕丝的情景。

流年逝水，不舍昼夜。在"文化大革命"中，我被戴上了"现行反革命分子"的帽子，被监督劳动；妻子被迫害死，儿子才 8 岁。1975 年春，家父去世，我回家奔丧。丧事毕，我返沪，姐姐一直把我送上大路，从口袋掏出 20 元钱，哭着要我收下，我感动落泪，但坚持不收。姐姐送了我很远，才挥泪道别。

姐姐 2018 年 4 月 7 日晚上病逝。她晚年享了儿女的福。现在，姐姐永远地走了，但她的慈颜，永远在我心中。

世间情

大　嫂[①]

　　立夏后一日，我的大嫂黄立英，在苏州外甥女家去世，享年九十六岁。这天，她的兄弟黄立成，赶到苏州来看她，她见了老兄弟，眉开眼笑，谈笑风生，还喝了一口牛奶，却随即闭上眼睛，与世长辞了。享高寿，辞别时又如此安详，可谓喜丧。

　　大嫂出身贫苦农家，其父会做豆腐，有草屋两间。十九岁，嫁给我大哥王荫，抗战时参加新四军，是抗日根据地工作入党的离休老干部。其实，我家比她家还穷。上无片瓦，下无寸土。住的草屋，是租来的，年年搬家。她嫁来我家时，我虚龄三岁，已记事。我有个妹妹玲英，母亲带她睡觉，我便跟大嫂一头睡，有时我二哥春才，也跟她挤在一个被窝。什么叫长嫂如母？这就是。

　　大嫂那一代妇女，在盐城的穷乡僻壤间，只有小名，没有大名。多少妇女去世时，牌位上写着张氏、李氏等，像秋风吹走一片落叶，无声无息。直到一九四六年盐城土地改革时，土地证上必须有每户所有人的名字，大哥才给母亲起名曹效兰，大嫂起名黄立英。不过，无论是母亲还是大嫂，对名字根本无所谓。

　　大嫂年轻时体质差，面黄肌瘦，冬天大风呼啸时，她便

　　① 发表于《盐阜大众报》2017 年 6 月 4 日 A3 版。

034

头疼，牙疼，哼哼不停，躺在床上。那时。我父亲恒祥公在苏州拉黄包车，把挣来的钱让母亲租富户的三四亩地种植，收获的大麦、水稻，按四六分成（田主得六）养活我们。大哥因先后在抗日根据地任小学校长兼乡剧团团长、区委文教委员、县政府文教股长等，长年忙碌，大嫂和我姐姐便成了家中的主要劳动力。插秧、割稻、打场——用连枷在打谷场上打麦子，麦子晒干后，还要用簸箕扬去灰尘，弄得一身灰头土脸。大嫂虽然体质差，但十分勤劳，一年四季，特别是在严寒的冬天，天刚麻麻亮，她即起身，到厨房煮一锅稀粥，让我们吃早饭。家乡本来有水田，土名叫沤田，一年一季，只种水稻。稻子收割后，稻田的水沟里，水草下面有很多小虾。大嫂用旧蚊帐布，制成捕虾工具，在水沟里捞小虾，倒在盆里，拿回家后，用竹筷挑去水草，把小虾洗净，与咸菜一起煮，其味鲜美，是喝稀饭最好的小菜。有时捕的小虾较多，她便把小虾倒在瓦缸里，放水，加盐，再严密封口，大约半个月后，便成虾酱，炖时加葱叶，也是佐餐的佳品。

大嫂不识字，但记性很好。她高兴时，能唱几段淮剧，有板有眼。她对我们的父母很孝顺，伺候二老尽心尽力，为二老送终。

大嫂为人平和，尊老爱幼，与邻居和睦相处，与孙四姐更亲如姊妹。

大嫂是位勤劳、朴实、善良的人，愿她在天之灵安息。

致女儿书

芃芃：

　　岁月不居，你已经 18 岁了！学校即将为你和同龄人举办成人礼。我和你妈真是喜上眉梢。虽说时光不能倒流，但记忆深处的潮水，打开闸门，立刻奔涌而来。我清楚地记得，1994 年春天，你妈到香港出差，几天内，她感到疲劳、恶心，几乎足不出户，回京后，她以为是已经痊愈多年的肝炎复发了，赶紧去医院诊治化验后，才知道怀孕了。后又经有经验的长辈分析，推测怀的是女孩。宝贝你要知道，你妈这年已经 43 岁！在农村，这样年纪的妇女，很多人都已当上奶奶或外婆了。听到这个消息，我喜忧参半。喜的是我有一子，在国外，现在又有女儿了。但忧的是，那年我已经 57 岁，哪有精力把你带大？不过，我历来喜欢小孩，更喜欢女孩，即使在马路上看见陌生人抱的小孩，我都要认真看上一眼，心中喜悦。十月怀胎，对任何一个女性来说，都是艰辛的。你出生时，在产房门外，周教授已经 60 多岁，春风满面地大声对我说：王教授，你女儿真棒！哇哇哇的哭声，真大！我笑着说，衷心感谢周教授，让我女儿平安来到人世。

　　几天后，我叫了一辆出租车，把你接回家。抱着你，心头感到异常沉重。我老了，你妈也已是人到中年，把你抚养成人，要付出多少心血啊！我觉得你是老天爷硬塞给我们的，给你起小名天天，一直叫到现在。幸运的是，你很争气，从小到大，很少生病。你还在襁褓之中，哭起来嗓门之大，六层楼的邻居都听见了。你很聪明，七个月大，就不肯待在家里，用手指着窗外，示意我抱你出去。我家紧贴大门口有一书架，你认识，一抱你到这里，就撒欢，手舞足蹈，知道要出家门了。那时我们家住在石景山区八角村北里，离游乐场很近，人来人往，车水马龙，你目不转睛地东张西望，很开心。你八个月大，我抱你出去，你很高兴，突然把小鼻子向上凑，闭起眼睛，翘起嘴巴，扮起鬼脸，逗得老爸哈哈大笑。你一岁半会走路了，居然学起老太太，背着双手，弯着腰，慢慢走着，我们都被逗笑了。有天小保姆小红在床上给你喂饭，你突然用手指着窗台，说："上去！"小红很奇怪，是谁在说话？你又说了一遍，她这才注意到，原来是你说的，这就是你开口说的第一句话。一旦开口，你的话就滔滔不绝。一天中午，你对着玩具木马，连声叫小红！小红！小红走过来一看，哭笑不得。你从小就很善良，一天我抱你到楼后的空地上玩，你看到马路上一位赶车的马夫，用鞭子抽了马一鞭，你立刻哭了，说："爸爸你看那人打马马！"我听了很感动。你两岁时，有次我抱你上街购物，小红也同往。过马路时，你突然说："我长大了，也要生个小宝宝，抱他过马路。"小红听了笑着说："真是没羞！"我很奇怪，你还小，性别意识竟然很分明了。你还说："我长大了，挣钱给爸爸打酒喝。"这样小，居然已懂得孝敬老爸了。上幼儿园前，你已认识不少字，但往往不解其意，一次我和你妈带你坐地铁，你高声念那一行字："小心车门，免得夹手。"乘客都笑起来，你把

兔字看成兔字了。

爸爸老了，带你出去，常常会很尴尬，路人或店员看你很可爱，便问：大爷，这是您孙女吧？真漂亮！开始我还如实相告：不，这是我老闺女。问者都恭维一句：您真好福气。后来我一想，何必自找麻烦，再有人问，这是您孙女吧？我答是的，人家仍会恭维一句：您真好福气。管他说闺女、孙女，反正一样是福气。说真话，你出生后，我就看成是福气。我还打趣有儿无女的老友说，有儿无女不算人，对方都笑着说，美死你了！

宝贝，你是爸爸的开心果。我已经很老了，但别人都说我比实际年龄要小 10 岁，脸上没有一块老斑，皱纹很少。我是历史学家、杂文家，世事、人情有什么看不明白？视功名如粪土、浮云，心态平和外，18 年来，你跟我朝夕相处，给我带来太多的快乐、幸福。爸爸感谢你！

《中华读书报》2012 年 2 月 22 日

附录：

我们的校园洒满阳光

我们的校园洒满阳光，
老师像父母一样慈祥。
春风化雨细无声，
我们个个桃李芬芳。

我们的校园洒满阳光，
沐浴着我们茁壮成长。
今天我们弦歌在一堂，
明天要做社会的栋梁。

我们的校园洒满阳光，
德、智、体、美，奋发图强。
今天我们是年少儿郎，
明天要托起祖国的太阳！

我们的校园洒满阳光，
我们畅游在知识海洋。
哪怕走到天涯海角，
西城外语——永在心房。

　　　　　　2007 年 9 月 6 日上午于老牛堂

　　按：这首诗是笔者应芃芃之求为她当时在读的"西城外
国语学校"写的校歌歌词。

　　　　　　　　　　2013 年 1 月 5 日

二、师情

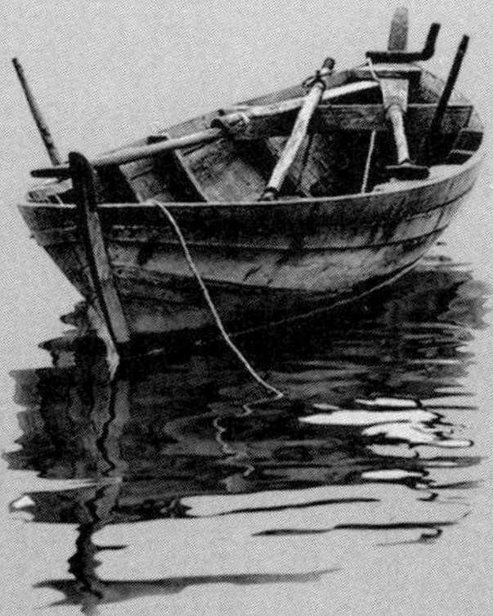

难忘启蒙师

如果说，作为一名学者、作家，我的文笔还算流畅、简洁，这得力于我在少年时代打下的语文基础比较扎实。从小学到中学的语文老师，他们对我的启蒙之恩，是我永远不会忘记的。

我这大半辈子，写过几百万字。但第一篇作品——严格地说，是第一篇作文——的写作、刊出的情景，至今还历历在目。

1943年，我虚岁7岁，在建湖县高作镇蒋王庄小学读二年级。夏一华老师教我们写作文，他要我们把看到的有意思的事写下来。我想起我们一群小伙伴在一小块空地上种鸡毛菜（即小青菜）的情景，觉得很有趣，便用毛笔在仿纸上写道："鸡毛菜长出来了，绿油油的，多好看哪。蝴蝶在上面飞来飞去，多快乐呀！"夏老师看后，微笑着，用红笔在我的作文上批了一个"优"字，并贴在教室的土墙上，这就是发表了。同学们下课后都去看，我自然很高兴。获得夏老师肯定的这篇作文，虽然只有短短的五句，但文字通顺，没有错别字，字也写得很认真。

我的第一篇作文受到夏老师的表扬，对我以后的成长，具有重要影响。我幼小的心灵茅塞初开：什么叫写作？这就

是写作嘛，打消了对写作的神秘感。夏老师是个温文尔雅的人，皮肤白净，身材瘦弱，穿长衫，戴礼帽。有一次我在描红簿上，竟然写下"夏老师像个大姑娘"一行大字。这真是没大没小，太不尊重老师了。夏老师看到后，很生气，用戒尺打了我的手心几下。但他显然是手下留情，我并不感到很疼。自从这次"大姑娘"风波后，夏老师仍然耐心地教我如何写作文，并不时表扬我。我儿时相当淘气，又不讲卫生，头上长了不少虱子。夏老师没有嫌我，有时下课后，他帮我捉虱子。当时我就产生联想，他批改我的作文，改掉错字，跟在我的头上捉掉虱子差不多。

令人痛惜的是，夏老师只教了我们一个多学期的课，便因患肺结核病倒，不久即去世了，年仅 20 多岁。岁月悠悠，我常常想起这位第一个在写作道路上扶我学步的老师，没有当初的第一步，哪有我后来漫长的、通往成功之路的步履啊？

上了初中后，葛葵先生、王文灿先生、唐则尧先生对我的热情鼓励、严格要求，激发了我的作家梦，同样是令我终生难忘的。1949 年秋，我考入盐城师范初中部（前身是著名的海南中学），教我们语文的是葛葵先生。他毕业于南京师范大学，比起小学时代的老师，他真是位大学问家了！他对古代历史、古典文学、现代文学都很熟悉。教语文课，分析主题、文章作法，深入浅出，对相关作家的生平娓娓道来，我们听得津津有味；并不时讲起他参加南京学生"反饥饿、反内战"游行示威活动的情景。他当时念的他们写在大横幅上的一首诗，我至今仍记忆犹新："黄金美酒万民血，玉盘佳肴百姓膏。烛泪落时民泪落，欢声到处哭声高。"他提倡课余多读现代作家的作品，正是在他的启发下，我由读传统武侠小说、旧小说，转向阅读新文学作品。《小二黑结婚》《吕梁英雄传》《茅山下》《新儿女英雄传》等，便是我最早接触的新文艺作品，使我大开眼界。

葛先生给我们出的第一篇作文题，是《我最崇拜的人》。我看过小说《精忠说岳》，便写了我崇拜岳飞及为什么崇拜岳飞。葛先生在课堂上表扬我这篇文章写得好，但指出，岳飞愚忠，这一点不值得效法。显然，他是懂得历史唯物主义的。非常遗憾的是，后来葛老师因肺病复发离职住院治疗，在家休养，于1953年去世，还不到30岁。

此后，王文灿先生、唐则尧先生相继教我们语文课。王先生原是校医，但知识渊博，书法亦佳，他教生理卫生、数学、语文，都很受同学们的欢迎。他批改作文一丝不苟，对我的每篇作文，都认真分析，指出优缺点，而更多的是鼓励。时值"抗美援朝"期间，我写了则美军思乡的小调，他用红笔批曰："写得好，可翻译成英文，作瓦解美军用。"这真使我受宠若惊。回想起来，这恐怕是这大半生以来，我的作品所受到的最高评价。

唐则尧先生是位严师，表情严肃，不苟言笑，我在私下给他起了个"唐老虎"的绰号，这是对老师的大不敬。后来有同学向唐老师举报，他找我谈话，指出我不敬师长的错误，但并未高声训斥。有一次作文，他出了题目，我却擅自另写了抗日英雄、神枪手王洪章的故事。他看后，严厉批评我自说自话，太随便，怎么可以绕开老师的要求，自拟题目？并说写作是件严肃的事，不可随随便便。但是，他非但没有判这篇作文不及格，反而批道："讴歌抗日英雄，很有意义，通

篇文笔流畅，能吸引读者，可试向报刊投稿。"唐老师说的"写作是件严肃的事，不可随便"，谆谆教诲，使我受用不尽。成年后，特别是我走上研究、写作的道路后，文章无论长短，都是心血结晶，从未信笔涂鸦。唐老师在20世纪80年代去世，仅得中寿，呜呼哀哉。

1952年秋，我进盐城中学读高中，两年后，因病辍学。在此期间，语文老师万恒德先生对我的帮助最大。至今我保留了一本由他批改的作文簿，他对每篇作文的批阅意见，都促使我的作文水平上了一个新台阶。我曾将出版的杂文、随笔集《铁线草》寄给他，聊表敬意。

在我看来，过语文关，最重要的是过作文关。固然，想写好文章必须广泛阅读，勤奋练笔，但即便是了不起的天才，也很难离开小学、中学老师的启蒙。我只是一个仅有中等智商的人，我之所以能笔耕不辍，实在要感谢读小学、中学时的语文启蒙老师们。

晨昏日夕，在漫步林荫时，在握管凝思间，我常常想起他们，不尽的思念，在我心头萦回……

呵，难忘启蒙师……

2002年3月13日

守老二三事

守老是指陈守实教授（1893—1974）。我在1955年考进复旦大学历史系后不久，就知道无论是校领导，还是系内著名学者周谷城、周予同、谭其骧、王造时、耿淡如等先生，都叫他守老。这绝不是仅因其年长。他是梁启超先生的高足，是中国现代史上第一代史学家；在梁氏弟子中，他是唯一从20世纪30年代就开始钻研马列著作，精读《资本论》，解放后第一个在复旦开马列主义基础课的教授。我想，是这一切构成了德高望重四个大字，守老既是尊称，也是爱称。20世纪60年代初，我当他的研究生，学习明清史，也跟着大伙叫他守老。每次登门，老人家总是从老花镜里瞅我一眼，微笑着用常州官话说："噢，你来啦？"师母王懿之先生总是闻声倒茶、寒暄。

守老一生刚直不阿，是位真正的学者，他把知识分子的人格尊严看得比什么都重要。20世纪50年代初，有位工作作风简单化的干部，在知识分子思想改造运动中，找守老谈话，要他交代所谓反动思想。守老当场拍台子说："你就是用手枪对准我，我也不会交代！"1958年，在"左"的思潮影响下，上海史学界刮起了粗暴否定史学大师王国维的歪风。在系内头脑发热的大会上，一些人起哄，

要守老当场表态，他只说了一句话："王国维是我的老师，他上课时脑后拖根小辫子，我很看不惯。"对王国维的学问成就，未说一个不字。会后大家议论纷纷，说守老保守了，他听到后，置之冷笑而已。不久，"左"风逼进课堂。一次，守老正在课堂上讲授"中国土地关系史"，有位同学公然站起来指责他歪曲了马克思的地租论，竟还有人随声附和。守老的气愤可想而知。在下一堂课上，守老一开始就摘下头上的帽子，义正词严地说："有人给我戴了顶歪曲马克思的帽子，我要把他搞掉！"接着，他再次详细讲授《资本论》第十七章，并写了大量板书，无知发难者哑口无言。事实上，他最讨厌谩骂式的所谓学术批评。在一次全系大会上，他批评某教授的一本旧著时说："你的书光是骂。骂有什么用？倘若你要骂我，我躺在地上让你骂好了。"语虽尖刻，他的学风品格，也可见一斑。他是明史学界的老前辈，在"文化大革命"开始批判吴晗的逆风中，他坚持不出卖良心，未写一字。"太息知人真未易，留芳遗臭尽书生"，我常想学林中人如皆能如守老那样严操守，卓不群，那文痞文丑就不会有市场。

守老是位严师。研究生时，曾有家杂志向我约稿，我非常认真地写了一篇《论元末农民战争与宗教》的论文，自感质量不错。但送呈守老审阅后，他的批语，立刻使我倒抽三口凉气："宗教问题最好不要谈，要谈自己先要弄个明白。"但是，他认为确实好的文章，也会充分肯定。我的另一篇论文，守老即批曰："有新意。中权颇结实，大胜时下一般论客。"为此，我兴奋得差点睡不着觉。

今年7月14日，是守老的百岁诞辰。遥望南天，在镇江的青山之阳，守老墓木已拱，白杨萧萧。仅掬心香一瓣献吾师，曰：

小子不敏，幸立门墙；辱承亲炙，恩泽难忘。

师之高风，烛照煌煌；师之亮节，山高水长。

1993 年 5 月 18 日于京西八角村

苍龙日暮还行雨

——忆蔡尚思先生

蔡尚思先生以 104 岁的高龄辞世，创造了中国历代史学家的长寿纪录，我作为这位人瑞的众多弟子之一，悲哀之余，又深感自豪。

蔡先生所以能享高寿，固然与他长期坚持体育锻炼，75 岁时还在操场跳高、一直洗冷水澡有关。但在我看来更重要的是，他始终童心未泯，个性率真，胸怀坦荡，于事每特立独行，老而弥坚。

我是 1955 年考入复旦历史系的。蔡先生是系主任。开见面会时，老师们当然都强调学习历史的重要性，有几位至今给我留下深刻印象。谭其骧教授当时显得很年轻，手里拿着一把很精致的折扇，一边摇一边说："我本来喜欢文学，但最后还是研究历史，历史很迷人。"靳文瀚教授说："我研究过政治学、法学、军事学——在美国留学时，对各种武器的性能，非常感兴趣，但转来转去，还是觉得研究历史好，便研究世界现代史了。"针对有些同学被调到历史系，并非第一志愿，因而闷闷不乐的，陈仁炳教授说："旧社会男女结婚，很多并非是双方自愿的，但进了洞房后，就慢慢两情相悦了。我相信这部分同学与历史专业也能建立起感情。"说到这儿，不少同学都笑了。但是，蔡先生的讲话，却给我留下最深刻的印象。他说："我出生在农民家庭。小时愚钝，又不努力，读小学时所有功课全不及格！我哥哥也一样，真是难兄难弟啊！"同学们听了，不禁大笑。蔡先生嗓门洪亮，而且富有表情，我立即感到，这是个与众不同的老师。他又说，"不过，我后来发愤苦读，北上京华问学，在南京国学图书馆时，每天读书十七八个小时，除诗集外，该馆的经、史、子、集，我全部读了一遍，抄录的资料，装了几个麻袋，终于成了历史学家。你们比我聪明，只要认真读书，将来也一定会有成就！"环顾当代历史学家，管窥所及，说自己儿时笨、成绩差的，除了蔡先生外，只有谢国桢先生了。

事实上，蔡先生有时真像个老顽童。我清楚地记得，他在给我们讲授《中国现代思想史》时，认为吴稚晖是个典型的主观唯心主义者。他说："吴稚晖居然说茅厕里的石头也是有生命的！晤晤晤，这个吴老狗，这个吴老狗……"一边说，一边连连摇头，满脸不屑，一只脚还不断踢着，我们都哈哈大笑。1996 年 5 月 18 日，我回到上海后，即去复旦第一宿舍探望蔡先生。这一年，蔡先生已 91 岁。他与我聊天时，依然谈笑风生，甚至是手舞足蹈。他说 20 世纪 30 年代初，他曾去苏州拜望章太炎先生，看到老先生为人写字，润格甚丰，好大一扎钞票啊，看得他都傻眼了，边说边离开座位，蹲在地上眼睛斜视，似乎正看着太炎先生数钱，并伸出舌头。我一边笑，一边赶紧把他老人家扶起，他连连说，我不要紧的。我当时就想，中国不可能找出第二个这样可爱的老学者。在另一次交谈时，他说好多年前，他有一颗牙坏了，他感到其他的牙也不是好东西，要医生全部拔光。陈圭如教授（胡曲园先生夫人）闻讯说："世界上哪有你这样的拔牙法！"我觉得这很可笑，但他却表情严肃。他批评时下有些人写文章瞎编乱造，有个记者写他"毕业于德化中学"，他说："其实，当时德化只有小学，根本没有中学，我就是小学生嘛！"这一天，我的日记里有比较详细的记载，时在1999年9月27日。我拿出一把纸扇，堪称不同凡响，上面有我认识的文坛、学苑师友亲笔签名，如于光远、丁聪、方成、王元化、王若水、王蒙、冯其庸、乔羽、朱正、李锐、李普、吴江、何满子、牧惠、柳萌、张思之、流沙河、贾植芳、梅志、曾彦修、黄宗江等数十人。这年蔡先生已94岁，前一年，因胃癌开刀，不久前又因气管炎住院，刚回家不久，人比过去消瘦，但思维、精神、嗓门依旧。我请他在扇面上签名，并开玩笑说："您老签了名，这把扇子就是革命文物。"他说："不够格。"我将扇面摊平，蔡先生放在大腿上，签上名。他本来手有些抖，签名时，却一点未抖，字迹遒劲，宛如刀刻，真奇迹也。我请他写上94岁，好让我们也沾点福气，他提高嗓门说："我从来是忘我，不记得自己年龄的。"便拒绝了。

蔡先生治学，从不迷信权威，从事实出发，不断挑战权威。他对以阶级制度为代表的传统封建思想，花了很大力气批判，解放初就出版了《中国传统思想总批判》《中国传统思想总批判补编》，还著文批评梁启超对袁枚的不公，著《王船山思想体系》一书，纠正章太炎、梁启超、熊十力、钱穆、侯外庐等人对王船山的片面夸大之词。1963年秋，我在复旦历史系完成了研究生毕业论文《论1657年后的顾炎武》[1]，通过大量史实考证，推翻了梁启超、章太炎以及当代某些史家

---

[1]　按：正式发表时定名《顾炎武北上抗清说考辨》。

的顾炎武北上抗清说。从系里把论文提纲打印出来，征求各大学历史系以及学部历史所的意见，到1964年4月我的论文答辩会上①，先生们对我的论文都存在着明显的分歧。黄云眉先生、吴泽先生、李旭先生等是支持我的观点的，但也有一些先生持反对意见——李学勤、张岂之二位先生联名，对我的论文完全否定。在答辩委员会主席周予同先生主持下，经过答辩、投票，我的毕业论文通过了。这场争论，引起了蔡先生的注意。他向系里要了一份我的论文打印稿，看后，约我到他家长谈。他热情地鼓励我说："你的论文引起争议，这是好事，就怕文章写得不痛不痒，我读完文章了，你敢于纠正前贤及时贤的论点，很有说服力！我支持你，文章由《复旦学报》发表。"我听了很感动，这时《复旦学报》的主编正是蔡先生。虽然此后不久，"四清"来了，"文化大革命"来了，"左"风猖獗，文章始终未能在《复旦学报》刊出，直到1979年冬，才在《中国史研究》刊出。但蔡先生当年对我挑战学界权威的支持、鼓励，我是一直铭记在心的。

20世纪90年代，国学大师"忽如一夜春风来，千树万树梨花开"。我与蔡先生聊起这些人，他正色道："他们一个也不合格。中国的国学大师只有三个：梁启超、章太炎、王国维，一定要说有四个，只能勉强加上胡适。现在陈寅恪被大大圣化，其实他也不是国学大师；虽然懂不少门外语，看了不少外国书，但中国史书、文献，仍读得不算多。他在一篇文章中说：'世界文明无出佛教其右者，这是什么话？'"他后来不但向记者发表谈话，还写了文章，公开阐明他的这

① 按：我的导师是陈守实先生，毕业论文由他指导，当时中国古代史教研组的负责人朱永嘉也参与了指导。

些看法。我举双手赞同蔡先生的观点。时下的国学大师，不过是学界某些老人——甚至是老朽的纸糊高帽，不值几文钱。

顾炎武有诗谓："苍龙日暮还行雨，老树春深更著花。"蔡尚思老师就是这样的"苍龙""老树"。他的雨露滋润着学生、读者的心田，他的大量学术文章，是长开不败的花朵。

2008 年 6 月 15 日

忆周予同先生

　　周予同（1898—1981）教授是教我们历史文选、经学史的老师。当年"五四运动"时，他是爱国学生的骨干，参加了火烧赵家楼（卖国贼曹汝霖的住宅）。他待人宽厚，简直是位好好先生。他在当复旦大学教务长期间，常有在外地上大学的上海学生找到他家，用各种理由，请求转学到复旦大学来。其实说穿了，他们的根本原因是留恋大上海。予同先生心肠很软，禁不住三说两说，便同意他们转学。与我同班的一位同学，便是装出一副可怜相——说自己有胃病，不服山东水土，由予同先生批准，从山东大学转学来的。他与我同一寝室，我太了解他了：能吃能睡，身体好得很。

　　予同先生的随和，也充分显示在课堂教学中。他幽默风趣，谈笑风生。一次，说起他当年拜钱玄同先生为师，真的跪在地上，向钱先生磕了头。接着说："现在多好，我教你们，是你们的老师，但都不要你们向我磕头了！"他本人、我们全班同学，都忍俊不禁地笑起来。他曾几次在课堂上笑着说："中华民族的特点是什么？我看是吃饭、养儿子。"大家闻之大笑。周先生说："我不是随便说的。中国儒家最讲究'民以食为天''不孝有三，无后为大'，这两点对中国历史影响太大了，确实成了中华民族的特点。"1961年冬，在上海史学会的年会上，予同先生发言时重申他的这一观点后，还开玩笑说："所以我劝在座的青年同志，凡是有了朋友还没有结婚的赶快结婚。"周先生的这一观点，使他在"文化大革命"中遭到猛烈批判，被扣上"歪曲历史""污蔑中华民族"的大帽子。其实今天我们冷静地思考一下周先生的话，就不难发现，他说的绝非戏言。看来，研究中国历史的人，如果不懂得中国人自古以来最重视"民以食为天""不孝有一，无后为大"的精神传统，是很难透彻理解中国历史的。

予同先生从不伤害别人。1958年，意识形态领域越来越"左"，到处搞什么"拔白旗"、批判资产阶级学术思想的运动。有一次，在复旦工会小礼堂批判蔡尚思教授，予同先生迫不得已，只好上台讲几句，却一如既往幽默地说："蔡先生的大著《蔡元培先生学术思想大传》第一页就是蔡元培先生的相片，上面还有蔡元培先生的题字'尚思吾兄'如何如何，大概蔡先生是要让读者知道，他跟蔡元培先生是本家吧？"引起哄堂大笑。我想，这样的批判，绝不属于"革命大批判"，伤害不了蔡先生的一根毫毛的。当时，除了予同先生，谁又能做这样的发言呢？

再忆周予同先生

1981年7月，周予同先生与世长辞了。

从学术发展史的惯例来看，著名学者谢世后，除了他的好友、专家外，往往是由他的高足来写回忆、纪念文章。而我，说来惭愧，既非予同先生的好友，也无"家"可归，更不是他的高足；我只是半个世纪以来受过他熏陶的很多普通学生中的一个。但是，自当年7月21日，我在收到复旦大学周予同先生治丧委员会寄来的讣告后，一直想拿起笔来，写一点怀念他的文字。可是，每当想到在"史无前例"的日子里，好汉们曾经硬是说我是周先生的"高足"，我不禁叹息着，把拿起的笔，又放下了。

15年前——啊，那是什么样的年代！上海《解放日报》的一篇社论，点了周予同先生的名，他被诬为"反共老手"，其主要"罪状"，只是他在关于经学史的论文中，说到过历史上的"批逆鳞"。"批逆鳞"这三个大字，竟与反党画上等号，这是善良的人们做梦也想不到的。从此，已是古稀之年的予同先生，和在这篇社论中被点名的几位著名学者，立即被打进"牛棚"，受尽迫害、凌辱……

这时，我还在上海某高校教书。十分不幸的是，余生也晚，当几乎是一夜之间便使神州空前骚动的狂飙"从天落"

时，我还是不到 30 岁的青年人，除了书本知识外，人生的阅历太少了，像无数青年一样，还没有来得及思索，便被卷进了风暴。但是，我怎么也没有想到，很快便有人将我和予同先生挂起钩来：一张又一张的大字报、小字报中，无中生有地说我是"周予同的高足"。这一来，按照当时最风行的逻辑，我的罪名当然就顷刻构成了"反共老手的走狗""反党分子""黑帮分子"；我出身贫农家庭，既已成了坏人，当然又多了一顶帽子——"蜕化变质分子"！证据呢？就是在予同先生主编的《中国历史文选》编注者名单中，有我的名字。于是这本书居然作为"铁证"，高高地挂在大字报区，示众数天。

今天每当想起这个"冬天的童话"，我总是感到深深的悲哀。周予同先生是"中国经学史"的权威，我在读大学、当研究生时，曾两次听过他开的这门专业课程。但是，我对这门在予同先生逝后国内几乎已成为绝学的专史，却从未下过功夫甚至连一知半解的程度都没有达到。扪心自问，实在愧对老师。

"回首往事浑似梦，都随风雨到心头"，我不禁想起在十年浩劫中唯一一次见到予同先生的情景。那是 1967 年的春天，有一天，我在离复旦大学大门不远的国权路上一家小饭铺吃午饭，刚吃好，放下碗，突然发现在墙角的一张饭桌旁，坐着予同先生。我便走了过去，在他的对面坐下。他低着头，看着快吃完的一素菜碟，大概是考虑到剩下的残汁中还有点油水，便又向服务员讨了半碗白开水，倒在碟子里，当汤喝了。看着眼前周先生吃饭的这番情景，我不禁感到一阵心酸。他抬起头来，也终于看见我，似乎愣了一下。该说什么好呢？在那个年月，望着他那消瘦太多显得十分苍老的面容，我低声问他："您身体还好吗？"他凄然地摇了摇头。我又问了一句："你吃得这样差，现在每月给您的生活费是……"我的话还未说完，他便叹了口气说："很少。"接着，又摇了摇头走了。

真想不到，这竟是我此生中见到予同先生的最后一面。此刻，他在小饭铺低头喝汤——不，应该说是水——的情景，在我的眼前浮动，与我记忆中留下的 20 世纪 50 年代至 60 年代初期的予同先生的印象，是多么的不同啊！

予同先生是个坦率、真挚的人。在课堂上，他旁征博引，说古道今，谈笑风生。人民艺术家赵丹在拍摄以先烈闻一多为素材的电影时，为了塑造好为民主而捐躯的老教授的形象，特地跑到复旦听周先生的课，领略这位老教授的气质与风度。在 20 世纪 50 年代，他担任复旦大学教务长，行政事务相当繁忙。但是，他在上课时，从未迟到早退过。他很重视学习马列、毛主席著作，坚持唯物史观的重要性。但是，他公开承认："我年纪大了，工作繁忙，很少有时间学习经典著作，虽然读了几本书，但学了不会用，没有能跟自己的业务结合起来。"并以钦佩的口吻说："我们系的陈守老（指陈守实教授），马列的水平很高，真了不起！"在史学界，人们往往把周予同先生和周谷城先生，称为上海的"东西周"。这两位著名史学家，在 60 多年的风云变幻中，结下了深厚的友情。早在"五四运动"中，他们就曾经并肩作战，一起参加了示威游行，并参加了火烧赵家楼的斗争。有一次予同先生在复旦工会礼堂，给历史系师生作"五四运动"的回忆报告，一开头就笑着说："今天很可惜，谷城先生因有事不能来，要不然我们两个人可以一唱一和！"他在课堂上，有时也说起周谷城

先生:"在我们中国当代史学家中,一个人写出中、外两部通史的,除了谷城先生外,还没有第二个人。他是文、史、哲都精通。以后你们到了高年级,如果系里开不出专门课,找谷城先生好了,他能开出好几门。反正他是万金油,可以随便搽的。"说着,便哈哈大笑起来。然而,他丝毫没有要我们去盲目崇拜周谷城先生的意思。有一次,他在课堂上说:"成为历史学家其实也不难,这要看你功夫花得怎么样,方法是否对头。有时抄书也能抄出史学家。古人如南宋袁枢,发明纪事本末体,著《通鉴纪事本末》,就完全是抄书成'家'的。今人如谷城先生,他的《中国通史》,主要就是抄赵翼的《廿二史札记》。到你们毕业时,也会成为史学界的小专家的。"今天,就我而论,在史学研究方面,并未做出像样的成绩。但在当时,听了予同先生的话,确实是深受鼓舞的。

学术界有不少人,都称道予同先生是位具有"古道心肠"的忠厚长者。叶圣陶、周谷城、陈守实、赵景深等前辈学者,在困难的时候,都曾经得到过他的帮助。大约在20世纪30年代初期,赵景深先生在一度失业后,工作就是由予同先生介绍的。在第一次大革命失败后,从事农民运动的周谷城先生被迫亡命到上海,几乎身无分文,找到予同先生家里,他立即热烈地向谷城先生伸出双手,给他解决了吃、住问题。不久前,亡师陈守实教授的夫人王懿之先生,曾给我看她写的回忆陈先生的文章初稿。其中,说到抗战结束后,陈先生拖着一家人,回到上海,贫病交加,又正是多亏予同先生,为他奔走找到教席,才使一家人的生活有了着落。

予同先生对同辈的学者、友人,始终怀着深厚、热烈的感情。对于郭老(郭沫若),他说:"他当科学院院长,我举双手赞成！"提到范老，他说："范文澜同志对经学有很厚的根基。他的《文心雕龙注》，可与乾嘉学者的著作媲美，是一部传世之作，真叫人佩服。"郑振铎先生不幸因坐机失事遇难后，他悲痛地说："老友中又少了一位。郑先生研究中国俗文学史的成就，可以说举世无双。郑先生遇难，中国学术界损失太大了！"更使人们难以忘怀的是，在文痞姚文元的《评〈海瑞罢官〉》发表后，全国掀起了诬蔑吴晗先生的黑浪，予同先生在《文汇报》召开的一次座谈会上，公然挺身而出，仗义执言，正气凛然地说："吴晗是我多年的老朋友，我很了解他，是个清官，他不会反党！"在"黑云压城城欲摧"之际，周先生的这番话，是多么的难能可贵！

鲁迅先生曾经说过，死者如不埋在活人的心中，那就真正死掉了。周予同先生，作为"五四"时期青年学生火烧赵家楼的骨干，解放战争中反蒋爱国、拥护中国共产党的上海大学教授联合会（简称"大教联"）的主席；作为给文化出版事业立过汗马功劳的开明书店的襄理、复旦大学的著名教授；作为给我们留下丰富专著的经学史、教育史的专家，他是不会被历史遗忘的。我们在深深地怀念他。

1982 年 2 月 5 日夜于北京

忆周谷城先生

周谷城先生被称为周谷老，并非始于他当上全国人大常委会副委员长之后，早在20世纪50年代，复旦大学历史系的师生，对时已年过半百的周谷城教授、周予同教授、陈守实教授，便称之为"谷老""予老""守老"。这不仅是因为二老年高，更在于他们有很高的学术声望。因此，无论是当面还是背后，大家都称周谷城先生为"谷老"，既是尊称，也是爱称。作为他的学生，我当然也不例外，见面写信都一样。

1955年，我在复旦历史系读一年级时，世界古代史这门课便是由周谷老讲授的。虽说岁月无声逐逝波，四十一年过去了，但谷老给我们上第一堂课的情景，至今宛如昨日事，仍历历在目。当时教室里坐得满满的，还有不少外系学生慕名而来，想一睹谷老风采。他与毛主席的友谊当时已广为人知，据说"复旦大学"这四个遒劲潇洒的字，就是根据毛主席给他写信的信封上的字制版的。谷老走进教室，我们不禁眼睛一亮：一身笔挺的西装，领带生辉，皮鞋锃亮。他微笑着向我们点头答礼后，弯下身来，侧着头，吹掉讲台上的灰尘，便放下讲义，开始讲课。他把章节写在黑板上，然后看着讲义，一句一句地念下去。他的湖南口音很重，有的字，当时我并未听懂。

几堂课听下来，我们都有些失望：想不到大名鼎鼎的周谷老，讲课竟是这种填鸭式般照本宣科，索然无味。但不久后，我们又觉得听谷老的课是太有滋味了。原来，谷老作了一点教学改革：在第二节课快结束时，他掏出怀表看一下，留下几分钟，给我们介绍国内外史学动态，有时也提到与一些史学家的友谊。比如有次说到郭沫若，他竖起大拇指称赞道："（他）有多方面的学术成就，是个全才，我很佩服。"不过关于中国的奴隶制，他则批评郭老的观点，认为郭老没有深入研究古代希腊、罗马的奴隶制，因此对中国奴隶制的解说就不够妥当。并幽默地说："你们可不要把我的看法告诉郭老，否则郭老会说，周谷城这位老朋友怎么不够朋友啊？"我们都哈哈大笑起来。有时，有同学递字条给他，请他讲讲会见毛主席的情景。他虽然不能多说，但也总是介绍一些可以介绍的情况。他的浑厚的声音，似乎仍在我的耳畔回响："主席生龙活虎般的姿态！于学无所不窥！"

说到国内外一些著名史学家，包括系内教授，他都很敬重，从来没有鄙薄过谁。一次说到周予同先生，他竖起大拇指，笑道："他是经学史专家，国宝。他要是死了，经学史就没人懂了！"联想予同先生去世已十几年了，经学史虽然还有人懂，但何能望予老项背？甚至"束书不观，游谈无根"之辈，竟也侈谈经学史，令人叹息。他也盛赞谭其骧教授是历史地理学的权威，国宝级专家。谭先生谢世后，他在晚年培养的得意门生葛剑雄教授有次对我说："我们在某一点上可以超过谭先生，但在历史地理学的总体上不可能超过他。再产生一个谭先生这样的专家需要五十年，甚至更长的时间。"我以为剑雄的话洵为至论，绝非谀师之词。由此我们也不难看

出，谷老四十年前对周予老、谭先生的评价，可谓知人。

谷老很重视师生情谊。即以我而论，不过是复旦历史系一个普通的毕业生，而且从大学到研究生的八年多时间里，与他并无私下往来。但1978年，我为了工作调动事，去求教对我非常关心的谭其骧先生。谭师考虑再三，说："谷老的面子最大。最好请他给领导同志写一封信。"我说："我与谷老并不熟，而且1964年批判他时，我也写了文章。"谭师说："谷老才不会计较这种事呢。"谭师还特地给谷老写了一封信，夸奖我一番，请他务必帮忙。

我持此信去泰安路谷老家登门拜访，受到他的热情接待。说起陈守实先生，他叹息道："守老很可怜，是被气死的，没有'文化大革命'他不会生食道癌，最后被活活饿死。"对于早在"五四运动"期间就与他结下深谊的、被上海学术界与他共称"东西周"的周予同先生，他更是不胜唏嘘，说："予老可怜啊！眼睛失明，把他拉到曲阜批斗，吓坏了。他头发很长，指甲也很长，原先都不肯剪，怕有人害他，还是我与太太一起去，哄着替他剪了。他一听到我的声音，眼泪就掉下来了。"我说起他在报刊上发表的古诗。他笑着说："那是打油诗。年轻时，我喜欢跳舞，现在老了，跳不动了，就写诗。工作时要紧张，工作完了要放松。"谷老是多么坦诚。

虽然，谷老认为没有必要专门给领导写信，并说进京开会时一定帮我说话。而事实上，在尹达同志和北京、上海市委的领导刘导生、王一平同志的关心下，不久我就办好了调进中国社科院历史所的手续。但是，谷老的谈话，仍给我留下了难忘的印象。

谷老进京担任全国人大常委会副委员长后，暂住中组部招待所。我受《吴晗史学论著选集》编委会的委托，去请谷老题书名。他满口答应："要得，要得。"并深情地说："吴晗先生是我的老朋友。1961年我进京开会，他特地请我吃饭。那个时候困难呐，要不是他请我吃饭，哪里能吃到那样好的饭菜？"说着，当场就用毛笔写了书名。后来我受人之托，几次写信给他，请谷老为书籍、县志题签，他都写来寄我。值得一提的是，谷老给朋友、学生写信，从来都是亲自动手，而不用秘书代笔，包括贺年卡亦是如此。他身居高位，仍平等待人。有次我代表《中国史研究》写信向他约稿，他很快回信，并寄来文章。他的信，外人看了，不会看出是老师写给学生的，而会认为是朋友写给朋友的。为师不以师自居，这并不是每位老师都做得到的，何况是名重当世的谷老。他的信、贺卡，我一直保存着，如今成了珍贵的纪念品。

1990年深秋，我应邀参加故宫的学术讨论会，与谷老不期而遇。他是坐着轮椅来祝贺的。我去向他请安，交谈中，他叹息道："我现在跟康大姐一样，脑子还清楚，就是不能走路，没办法。"看着他消瘦苍老的容颜，我不禁黯然神伤。但没有想到，此次见面，竟成永别。

周谷老是史学家，也是哲学家。得知他逝世的消息，我的第一个感觉就是哲人不再。是的，像树叶飘落，像大海退潮，像星辰隐去，像钟声渐远，周谷老走了，走得那样平静。他永远离开了这个世界，但永远也不会从这个世界消失。

1996年12月21日下午于方庄

忆周谷城先生

忆王造时先生

20世纪50年代，复旦大学课堂秩序极好，上课前，班长要按花名册一一点名。但尽管如此，仍有同学悄悄"流动"到别的年级，甚至别的系去听课。我就曾经溜到高年级去听抗日救国七君子之一的王造时（1902—1971）教授教的世界近代史。时正夏日，酷热难当，不少同学神情倦怠，有的竟已打起瞌睡。王先生见状，立刻说："诸位，现在我开始讲拿破仑与约瑟芬的恋爱故事！"全体同学立刻眼睛一亮竖起耳朵。王先生非常生动但很扼要地讲完了这段举世闻名、扣人心弦的故事后，马上就转入正题，继续讲课。情绪既然已经被鼓动起来，当然再没有人打哈欠、睁不开眼皮了。从这种小事可以看出，王先生不愧是位著名政治家，他是深知如何在关键时刻去鼓动人们的情绪的。他曾积极参加"五四运动"，后来留学美国威斯康星大学，获得政治学博士学位。回国后教授政治学，后来投入抗日救亡运动，成了政治活动家。

王先生的口才很好，嗓音洪亮。1955年，他在复旦大学礼堂作纪念抗日战争的报告说到他曾去鼓动张学良抗日，语重心长地问少帅："张先生，别说报国了，难道你连令尊大人的仇都不想报了吗？"少帅默然无语。他的报告，不时激起一阵阵掌声。

王先生对学生、对年轻人是很关心爱护的。他的助教结婚时，王先生送了一个大衣柜做贺礼。这在几十年前，是相当可观的礼品了。1957年后，他不幸被打入另册，贬到资料室工作。我当研究生时，随中国古代史教研组活动，特别是政治学习。王先生也参加这个组学习，这样接触就多起来。有时向他请教一些问题，他总是一边吸着烟斗，一边耐心解答。"文化大革命"开始不久，王先生即被诬陷，以莫须有的罪名被逮捕，后含冤病死狱中。

几年前，我的一位老同学请我去她家吃饭，她的丈夫是"文化大革命"中上海人几乎家喻户晓的杨仲池。在1967年夏天的上海柴油机厂事件中，他被"四人帮"逮捕，横遭迫害，直到"四人帮"粉碎后，才被平反，后调来北京工作。与老杨交谈才得知，他在监狱时，与王造时先生关在一个房间。虽然当时王先生已经年迈，并患上黄疸病，身上浮肿，仍然偷偷地教老杨英语，传授给他很多知识。这样的诲人不倦，真可谓"春蚕到死丝不断，留赠他人御风寒"。

1992 年 5 月 18 日

忆谭其骧先生

亡友马雍教授生前常跟我聊天。马兄口才甚佳，嗓音洪亮。有次我恭维他的口才，他连忙说："我的口才算什么，我看当今史学家中，没人能赶上谭其骧（1911—1992）先生。我听过他的课，也听过他的学术演讲。条理分明，生动活泼。"1955年秋至1964年春，我在复旦大学历史系攻读，多次听过谭先生的讲话、报告和历史地理课。"四人帮"粉碎后，更过往从密，我可以证实马雍兄盛赞谭先生的口才极佳，绝非虚誉。1958年"大跃进"时，谭先生是历史系系主任。当时很时髦的一件事是学生给老师、系领导提意见。我所在年级的两位未免过于天真的学姐，给谭先生提了一条意见："我们毕业后，有可能去当中学教师。但系里从不开历史教学法这门课程，将来我们上不了讲台怎么办？"谭先生当众答道："你们放心好了。我虽然没学过历史教学法，但教了几十年书，从来就没有被学生轰下台过。"我们听了都哈哈大笑，包括那两位学姐。

1959年春，史学界因为郭沫若先生写了《替曹操翻案》而掀起了讨论曹操的热潮。谭先生基本上对郭老的论点持异议，在复旦工会礼堂为全系师生作《论曹操》的学术演讲。谈到史料上记载曹操先后两次攻打徐州，杀人太多时，谭先生说："固然，'多所残戮''鸡犬亦尽'之类的记载是形容词，难免夸大。就拿'鸡犬亦尽'来说，总不会在一场大战后，打扫战场时，有人突然惊叫一声：'哟，这里还有一只鸡呢！'"全场立刻哄堂大笑。谭先生说："尽管如此，《吴书》《魏志》等史料记载曹操大量杀人还是可信的，郭老予以否定是不符合历史实际的。"用亡友谢天佑教授的话说，历史地理学"是在典籍字缝里做文章的大学问"，颇费考证工夫，相当枯燥。但谭先生讲这门课时，从来不带讲稿，至多带几张卡片，各种地名的沿革了如指掌，娓娓道来，谈笑风生。哪怕是酷暑，学生也没有一个打瞌睡的。

谭先生对"左"风深恶痛绝。我曾问他对三位故人的评价，他分别回答"左""也左""更左"。对受业弟子，他向来关怀备至，以不才而论，"文化大革命"中我遭受严重政治迫害，丧妻。平反后，谭先生及谭师母曾为我介绍小名二妹者，秀丽端庄，后因其移民加拿大，此事才未成。后他亲笔写信给社科院历史所领导尹达先生，鼎力推荐我，我得以调入历史所。1979 年 3 月，谭先生进京参加全国人大会议，住国务院二招。他给我来信，要我去看他和周谷城师，知我来京不久路不熟，特地在信的背面画了张地图，告诉我怎么走。这让我感受到父亲一般的温暖。此信我至今仍珍藏着。

谭师谢世 12 年了。望断南天无觅处……唉！

2004 年 12 月 24 日

忆王毓铨先生

　　去年 10 月 27 日，北京已是落叶飘零的晚秋，我接到同事也是好友、宋史专家王曾瑜兄的电话，匆匆赶到同仁医院冰冷的地下告别室，向王毓铨（1910—2002）先生的遗体告别。没有鲜花簇拥，也没有官方或民间多半已成了八股调的悼词，更没有拥挤的人群；只有闻讯而来的历史所部分同事及个别所外同行。我向毓老深深鞠了一个躬，凝视着他安详的遗容，几多苍凉，几多感慨，涌上我的心头。

　　是的，"死去原知万事空"，他当然什么也不知道了。但是他也曾激情过、燃烧过、辉煌过，倒霉过、悲怆过、无奈过。人呵，什么是人的一生？酸、甜、苦、辣而已。小人物，大人物，凡夫俗子，才子俊彦，概莫例外。毓老无疑是史学界的俊彦，他作为中国经济史（主要是货币史）、秦汉史（主要是秦汉经济史）、明史（主要是明代的军屯、皇庄）学界的老前辈，他的学术成就，是令人瞩目的。即以《明代的军屯》为例，出版后，被国内外明史学者一再引用，公认为是研究明代军事史、经济史的典范之作。我的好友——中国近代史专家张存武兄曾告我，在两岸隔绝的年代，有次他去香港买到此书，过海关时，偷偷藏到大衣袋内，然后把大衣搭在臂上，做潇洒状，才"蒙混过关"。后将此书送给明史学者张治安教授，治安兄如获至宝。仅此一例，也足以说明学人对毓老著作的重视了。但是，回顾毓老的一生，依然是曲折、坎坷，"世路崎岖难走马"。

他在读中学时，曾参加共青团，那正是第一次大革命的燃烧岁月。随着"四一二"政变，大革命夭折，他又回到了书斋。他在北京大学历史系的毕业论文，是胡适先生指导的，给了他85分。有次毓老与我聊天，说起此事，微笑着说："你要知道，胡适先生打分很严，85分是最高分了。"后来，他去了美国，还是研究中国历史，待遇丰厚。大概是1985年，他有次跟我聊天，神情庄重地说："现在想来，真有点荒唐，可笑，一个中国学者研究中国历史，却要跑到美国去研究！"我听了不知说什么好，一时语塞。说起胡适对他的关怀，他是一直怀着感激心情的。新中国成立后，周恩来总理发表讲话，号召海外知识分子归国，参加新中国的建设。他动心了（也许是老共青团员的政治情结使然）。他向他的老师胡适先生谈了自己的想法。胡适不以为然，说："在美国的华人汉学家中，你的工资是最高的，大大超过了我。这样好的做学问的条件，应当珍惜。"过了些时候，他决心回国，再次去见胡适，说："这是一个新中国啊，建设新中国要靠大家，包括我们这些在海外的中国人。"胡适看他主意已定，便请他吃饭，语重心长地说："你回国后，第一件要做的事就是批判我，否则你难以立足。"

毓老是大学者，也是典型的书生。他臧否人物，实话实说，使一些同道不悦。他曾说某教授研究经济史"尚未入门"，传至此老耳中，极为不快；说某先生是"萌芽专家"，而实际上中国根本就没有资本主义萌芽，使此兄升等受阻，

因而结怨。他在担任明史研究室主任时，对我辈后生期望很大，要求也就很高，如要求每人读完《明实录》、读五百部明人文集，至今我未能读完《明实录》，惭愧之至，料想其他同事当与不才大同小异。侥幸的是，我在升副研究员、研究员时，由于毓老的宽宏，"上天言好事"，都是一路顺风，一次通过，而有的同事，则由于毓老的直话、实话，一再受阻。"落第举事"的心情，毓老是难以体会的。有件小事，当时曾令我啼笑皆非，为故至今仍记忆犹新：1989 年初秋，我去探望毓老。他的很多看法与我一样，直到天渐渐黑下来他仍留我再谈下去，并热情地说："你就在我家吃便饭好了。"我连连推辞，但毓老一本正经地说："我先去问问她，有没有你吃的晚饭？"我闻之一愣，一会儿他从对门回来，跟我说："她说没有你吃的晚饭。"毓老书生气到什么程度，于此不难想见。他是一个真实的人，没有半点掩饰与一丝虚伪。外界每有传言，说他瞧不起谢老（国桢）。我去历史所较晚，不知道他是否曾经低评过谢老？但是，我清楚地记得，有次他来研究室找我说事，提起谢老，他说："把笔记资料引进明代经济史的研究，这是谢老的一大贡献。这是人家的成就，是必须看到的。"20 世纪 80 年代，我致力于研究明朝宦官，对刘瑾的评价，与他分歧很大，但他不以为忤。我与杜婉言女士合著的《明朝宦官》出版时，他请其老同学张政烺先生题写封面，一再说"玉峰（张先生的字）的字好"。并告诉我《清明上河图》上有冯保的题跋，后来我买到了此画的复制本长卷，在画末，冯保的字果然赫然在焉，加深了我对冯保文化素养的认识。

去年冬，我迁居西什库大街。这里原是明代宫廷中西边由宦官掌管的十个库房。倘毓老还健在，得知我搬到这里，会不会说我研究宦官，竟搬到当年宦官的老窝里呢？呜呼，碧落黄泉，毓老何在？思之泫然……

2003 年 3 月 14 日下午于西什库老牛堂

忆尹达先生

去年是历史学家尹达先生（1906—1983）百年诞辰，学界举办了隆重的纪念活动。其时我在外地讲学，未能躬逢其盛。返京后，看了相关报道、纪念文章，感到似乎把尹达先生弄成满身马克思主义、一脸道德文章的老学究，让我大感不解。这是真实的尹达吗？在我的印象中，以及从我的老同事和朋友中了解的尹达，却是一个颇有性情中人色彩、在老一辈史学家中别有一格的长者。

我读大学时，就已知道尹达先生。我学的是历史专业，上中国古代史课时，读过他的《中国新石器时代》，后来也知道他主持历史研究所工作，是中国史学界的领导之一。大概是 1961 年秋我在复旦历史系读研究生，参加上海史学会的一项活动，听吴晗先生、尹达先生演讲。这两位前辈都给我留下深刻印象。吴晗先生坦诚地说："这次我与尹达同志去伊拉克参加巴格达建城千年的纪念活动，但我们找来找去，国内竟未找到一个对巴格达历史有研究的学者，只好请了一位学者，写了一篇中国人民与伊拉克人民在历史上的友好往来的文章，到会上去宣读，文不对题，我感到很惭愧。"尹达先生赶忙插话说："吴晗同志当了北京市副市长，做了父母官，哪还有时间研究历史？该检讨的是我，我没有搞好历史所。"吴晗先生连连摆手，说："尹达同志不必检讨。"二老在会上一唱一和，谈笑风生，毫无名人架势，亦无学者派头。尹达先生留个平头，表面看去，很像是商业局或别的什么局的老干部，一下子很难与历史学家画上等号。

我1979年初从上海师大调入中国社科院历史所工作，尹达先生时任所长。所内同仁公开场合都叫他尹达同志，私下却因人而异，有的（如雅号"田克思"、颇有点梁山好汉气质的田昌五先生）直呼其名，老尹达如何如何；有的以"尹老左"贬之；有的尊称为"尹老夫子"。我因是所内后来者，与"文化大革命"中保护、反对尹达的两派毫无瓜葛，我又历来主张尊老敬贤，尹达先生不仅是前辈，而且有恩于我，因此我当面叫他尹老，私下叫他尹老夫子。我说的有恩于我，是指我在"文化大革命"中因"炮打"张春桥被打倒七年，平反后，深感不能再浪掷年华，想集中精力研究历史，甘心"板凳须坐十年冷"。而最理想的去处，就是社科院历史研究所。谭其骧师亲笔给他的老友尹达先生写了推荐信，夸我是人才，有很强的研究能力，会写文章（这封信我抄了一份，至今还保留在日记里）。尹达先生阅信后，指示有关同志，通过当时的国务院政工组向上海师大发出调令。虽然遇到一些麻烦，但一年后我终于成行，进了历史所大门。虽然我不敢以人才自居，但凭着自己的努力，在文史两界总算露了点头角，出版了几十本书，用北京俗话说，也还"混出个人模狗样"，我没有辜负谭其骧师、尹老夫子的厚爱。二老的恩德，我是一直念兹在兹的。

尹老夫子爱才、惜才，这在历史所资深研究人员中，是有口皆碑的。他生活俭朴，为人方正，看不惯生活上不拘小节的人。但对研究人员中，不慎在这方面栽了跟头者，总是

宽大为怀，保全他们的声誉，允许其继续从事科研，甚至照样重用。这在同样做了那事，"皇帝是游龙戏凤，中层干部是生活小节，平民百姓是品质恶劣"的年头，尹老的与人为善，实属难能可贵。因历史上有轻微问题，在南开大学很不得意的明清史专家谢国桢教授，尹达先生毅然调他来历史所，在"反右"时保护了田昌五，都让人感佩。

尹老绝不是满脸一本正经令人望而生畏者。他心口一致，有时像乡下老农民那样说粗话，语惊四座。尹老虽在历史所主政，但年事已高，身体又不好，很少在全所大会上讲话。他在全所大会上最后一次讲话，我至今记忆犹新：严厉批评有些人向钱看，为了多拿稿费，拉长文章，"就像老大娘撒尿，撒一大片"。有老同事小声告诉我："他最喜欢这个比喻了，常说。"

我在与所内老同事聊天时，情不自禁地会怀念尹老：他爱惜人才，实话实说，从不装腔作势，更不以权谋私。他从不以领导自居，更不以专家自居，保持了老八路的朴素作风，俨然是位布衣。晚年，他很孤独、困惑。临终前一个月，他特地去探望延安抗大时的老同学、老朋友曾彦修先生，诉说自己的苦闷、委屈。他的所谓弟子们，哪里知道他的内心世界？这里，作为后辈，我要向九泉之下的尹老说：放宽心，好生安息。不要为左过、整过人而难过，那个年头，不左、不整人的不就成了国宝？您是一位至情至性的长者，我怀念您，只要有我这支笔在，我就不会让"群陷沙鬼"把您"拖入烂泥的深渊"①。

丁亥年二月二十八日于老牛堂

---

① 鲁迅：《忆刘半农君》。

忆赵景深先生

　　我与赵景深教授素无往来，近日作为休息，阅读赵老的《文坛忆旧》，不禁勾起对赵先生的片段回忆。

　　我在中学时代就很仰慕赵老。虽然读鲁迅的书，知道赵先生曾误把天河错译成"牛奶路"之类，鲁迅作过打油诗讥之，但我从各种文学书籍的目录上知道赵先生什么都写，如果出全集，一定是洋洋大观的。因此，在我看来，误译之类，不过是小事。进了复旦大学后，我因参加了复旦美术社、复旦诗社，而且是《复旦诗刊》的编委，与中文系同学的接触日渐其多，慢慢知道，赵先生在中文系的地位并不算高，没能评上一级教授。一些人认为他搞的鼓词、戏曲史之类，非文学正宗，乃"旁门左道"，因此瞧不起他。对此，我感到茫然。令我大惑不解的是：王国维不是也搞过戏曲史吗？顾颉刚不是也曾醉心于民谣之类的俗文学研究吗？而他们都是深受学人尊敬的一代鸿儒。听说赵先生为人极随和，是个好好先生。我曾经想去拜访他，但又终于没有去。那原因，无非是隔系如隔山，我毕竟是历史系的学生，更何况我本来就不爱朝老师家中跑。

　　回首往事，赵先生留在我印象中最深的，一是他登台演出，二是他的学术报告。

　　大约也就是 1955 年前后，据说在赵先生的倡导下，上海成立了业余的昆剧社。他在戏剧界有很高的声望，有时请这个剧社在周末到复旦登辉堂演出，自然是招之即来，来之能演。而且连言慧珠那样的名角，也来献技，这真使我们这些穷学生大饱眼福了。第一次演出，似乎是 1956 年的夏天，学生会文娱部找了我，帮忙画了一张海报贴在校门口。演出前，赵先生首先登台讲话，向观众介绍昆曲知识，这并没有给我留下深刻印象。出乎我们意料的是，大幕启后，首先登场的竟是赵先生，扮演吕洞宾，身穿蓝道袍，戴着胡须，手拿拂尘，有板有眼地唱着。他的动作不多，但台风是稳健的。我忽然听到邻座的两位女同学在小声议论："哎呀，赵先生摘掉眼镜，就看不清爽……倘若跌到台下来，那能（怎么）办？""哎呀，是格，是格！"——我心中暗笑，这两位小姐不是杞人忧天，而是杞人忧跌，实在令人有滑稽之感。当然，这两位女同学的尊师、爱师之心，溢于言表，还是值得称道的。

　　似乎是 1958 年的校庆，我到教学大楼的一个教室里，听赵先生的学术报告：《弋阳腔钩沉》。也许是这个题目偏窄，听的人不算多，只有二十几人，但却有从市区赶来的文艺界人士，如著名的上影配音演员胡庆汉等。赵先生说了一会儿，大概是从听众的表情上，发现人们对到底什么是弋阳腔仍未了然，便说："这样吧，我唱给你们听，你们就清楚了。"说着，他便唱起来，并边唱边讲解，跟昆曲、京剧作对比，这样一来大家对弋阳腔的起源、特点、影响不仅清楚了，而且留下难以磨灭的印象。据我所知，在前辈著名学者中，善唱昆曲的除景深先生外，还有宋云彬先生，及地学泰斗谭其骧先生。而今，赵、宋二老，都已谢世，其骧师年过古稀，身体欠佳，恐怕连偶尔哼一两句的雅兴也不再有。遥想当年赵老唱昆曲、弋阳腔的音容笑貌，真是恍如隔世了。

让我还是回到开头《文坛忆旧》的话题上来。该书内收《立煌的戏剧节》一文，其中述及 1944 年 2 月 15 日，也就是当时民国政府规定的戏剧节那天，赵先生在立煌县城（今安徽金寨县）立煌剧院中，粉墨登场，与孟达成、范慧英合演昆曲《长生殿·小宴》。值得注意的是，为赵先生等伴奏的乐器，有小提琴、曼陀铃，虽然主要乐器仍然是张宗和教授（沈从文先生内弟）的笛。赵先生写道："把西洋乐器来配昆曲，可说是一个大胆的试验。"这种革新精神，是值得当今（观众越来越少的）戏曲界学习的。

1988 年 8 月 18 日于京西八角村

三、友情

忆曾彦修前辈 ^①

　　2015 年 3 月 3 日凌晨四点许，曾彦修同志因病抢救无效，在协和医院逝世，享年九十六岁。虽说，按国人传统，他享高寿，应称喜丧。但是，回顾与这位德高望重的前辈近三十年的交谊，得到他的厚爱，我仍深感哀痛。

　　曾彦修是宜宾人。1937 年 12 月，其兄赞助他四百银元，与田家英一起，手持一位老前辈给其友人、八路军驻西安办事处主任林伯渠的介绍信经武汉，坐车至西安，由林老安排，去了延安，先后在中央政治研究室、中共中央宣传部工作。曾老读书仅读到高一，但勤奋好学，天资聪慧，很快得到胡乔木的赏识。在马列学院读书时他与李先念同一课桌，晚上同睡一炕，非常谈得来。当时班上的同窗还有张云逸（大将）、王树声（大将）、张宗逊（上将）等。班上同学关系都很好。20 世纪曾老在王府井大街上曾碰到王树声大将，秘书、警卫随行。他一眼就认出曾老，说："曾彦修同志，怎么不到我家玩啊？我家住在……"秘书立刻打断他的话，因为曾老一贯生活俭朴，穿衣随便，看上去就是个普通老大爷罢了。王将军立刻说，他是我在延安时的老同学，也是老革命。秘书顿时傻了眼。

---

　　① 　发表于《文汇读书周报》2015 年 3 月 16 日 1—2 版。

　　曾老是党的宣传战线、出版界的耆宿，也是杂文泰斗。但他平易近火，无半点架子，对友人、对后辈都热情似火。我 1994 年冬住进方庄，到 2002 年冬搬到市中心住。当时，曾老也住方庄，在很普通的一间房子里，安之若素。曾老在方庄时，我与曾老过从甚密，无话不谈。当时，曾老一人独住，每日上街买菜做饭。我有次去看望曾老，要请他上饭店吃饭，他说："上饭店干吗，今天我买了肉，请你吃午饭。"他亲自动手，做了白切肉、红烧鱼、炒油菜、蛋花汤，喝金六福酒。曾老不喜欢茅台、五粮液、浏阳河酒，上海林放先生送他的茅台酒，及其他友人送的上述酒，有五瓶之多，曾老都送我了，真让我大饱口福。吃饭时，曾老喝了一点酒，神采飞扬。曾老年长我十八岁，竟亲自做了一顿丰盛的午餐招待我，实在受之有愧。多年来，我在国内国外，出席过很多宴会，还在香港金庸先生家享受过豪华的盛宴。但回首往事，都不及曾老招待我的这顿午饭滋味深厚。因为，这是曾老烹调的呀！

　　我因"笨鸟先飞"，笔头勤快，出了不少书，我送给曾老，他都看了。我送给他在商务出版的散文集《悠悠山河故人情》，他读后，给我来电，说："看了书中你写母亲的文章，已是深夜，我流了不少眼泪，整夜没睡着。"这让我很不安，须知那时他已是年逾九十的老人家，赤子之心仍如此真挚。曾老一生中，很少写诗赠人，但有一次，他为我在人民出版社（用东方出版社名义）出版的杂文集《牛屋杂文》题诗。后来我得知，曾老在一周内不断改诗，期间，曾老给我写过三封信都是诗稿，征求我意见。他写作的严谨，真正一丝不苟，足为世人典范。最后，定稿诗为："贺春瑜先生新书《牛屋杂文》出版。究史何须作主张，旧矩新规满殿堂。祖龙虽死魂犹在，劝君改颂秦始皇。曾彦修。"并盖上章，请他的老部下，原人民出版社副总编、书法家吴道弘先生抄录，作为书的序言，与他很敬重的杂文家何满子先生的序——一首讽刺诗，并列成为序言。我捧读二老之序，是绝妙的杂文，深感三生有幸！

走好，小丁老爷子

2009 年 5 月 26 日，久病的丁聪老人在医院溘然长逝。一代漫画巨匠顿成昨夜星辰，消失在茫茫银河，令人痛惜。

六十年前，我读初中时，即已知道丁聪先生的大名。当时学校图书馆保存有解放前上海一些进步杂志，如《文萃》《观察》等，刊登有不少具名"小丁"的漫画。小丁者，丁聪先生也。这是用以区别其父"老丁"（即漫画家丁悚老先生）的缘故，"小丁"的笔名数十年如一日，一直用到晚年。我是他的后辈，有时写文章涉及他，便称其为"小丁老爷子"，尊老敬贤，原是我辈读书人的本分。

不过，在丁老的朋友中，我与他往来的期间并不算太久，还不到二十年。杂文家与漫画家是天然的盟友，很容易说到一起。他的好友方成、邵燕祥等，也都是我的好友。在一次丁聪与陈四益合作大作的出版座谈会上，黄宗江曾戏称他俩是"丁陈小集团"，丁老听了不禁莞尔。丁老虽名满天下，但为人谦和，从无半点名人架子，对朋友"一往情深"，当得起古道热肠这四个大字。20 世纪 80 年代后期至 90 年代初期，杂文学、漫画家为主的文友常有聚会，在一起吃饭，海阔天空地神聊，笑声不断，实在是赏心乐事。丁聪、方成、李普、黄永厚前辈，当然都是"老老头"；邵燕祥、蓝英年、我、林东海、陈四益等，都是"半老头"。但座中也有两个小伙子，这就是青年杂文家朱铁志、青年散文家伍立杨，说句老实话，这也是当时我们愿意与之交往的年轻人。后来，伍立杨调往海南。有次他来京办事，时已傍晚，打来电话，说想请老先生们吃饭，但丁老年事已高，天又快黑了，不敢贸然邀请，问我怎么办？我说我给你打个电话去，听听老爷子想法再说。我随即拨通丁老家电话，夫人沈竣先生接电话，丁老就在电话机旁，显然是听到了我的说话，在一旁说："伍立杨来了？好久没见立杨了，去啊！"随即与夫人一起，打的赶往方庄一家饭店。他家住得较远，到达时，已是夜幕降临，万家灯火。我们见丁老来了，都很高兴，立杨更是感动不已。我清楚地记得，丁老跟我说："你看，我已长出几根白头发了。"我听后笑着说："您都过了八十大寿，才长出几根白发，多新鲜哪！"事实上，丁老的满头黑发，在文化界是出了名的，让人钦羡。席间我们聊起有关稿费的一些无奈事。丁老说上海一家晚报转载了他的一幅漫画，将近一年后，才寄来稿费，共四元伍角。这真让人啼笑皆非！举世闻名的老漫画家丁聪的作品，竟只有这几文稿费，难怪普通作家，特别是文学青年的稿费，三文不值两文卖了。我常常想起这件事，为丁老愤愤不平，也为我辈不平，曾写打油诗一首，刊于《文汇读书周报》，曰："前世未曾拜佛爷，今生被罚耕砚田。时下狗屎都涨价，就是文章不值钱。"此牢骚也。"百无一用是书生"，像我这样的书呆子，除了发发牢骚，还能咋的？

丁老思维敏捷、十分幽默。有年春节，我给老先生们打电话拜年。我在电话中跟丁老说："给您磕头啦！"丁老立即说："我回磕！"接着我给方成老人打电话，说："我跟您磕头啦！"方老立即说："我已经跪下了！"二老的机敏，堪称双绝。好几年前，丁老罹患胰腺炎，只能吃流汁。我知道，他喜肉食，不喜欢吃蔬菜。我致电请安，他无奈地说："我现在只能每天画一个牛排充饥。"我说："丁老，等您康复了，我一定请您到饭店吃牛排。"丁老说："这不是好事嘛！"过了两个月，丁老康复了，饭食如常。我约了四益一起去丁老家，请他到饭店吃饭。没想到他已在一家云南餐厅订好菜，有精致的牛排，而且坚决不让我埋单，说："你特意来看我，怎么能让你破费？"我跟四益说，下次一定要请丁老吃顿饭。但近几年来，丁老毕竟已年迈，身体每况愈下，人越来越瘦，我多次与四益商量，也跟沈老沟通过，但请丁老吃饭，总未能如愿。而今，丁老遽归道山，更是欲请无门，成了我永久的遗憾。

使我难以忘怀的是，正是丁老只能吃流汁时，海峡文艺出版社出版我的短杂文集《新世说》，我想请丁老给我画一幅漫画像。我给他去信，说明来意，并说等他康复，再画也不迟。可是没过几天，他就寄来漫画像，线条依旧刚劲有力，并突出我的眼睛，炯炯有神，大概是希望我看世事，能洞若观火。此画特大十六开，他一时找不到大信封，只好复印缩小后寄我，并在信中说，原作以后面交。接到画作后，我感激之余，甚感不安，他正在病中，何况已是望九之年。丁老对后辈、友人的厚谊，于此可见一班。

人天殊途，雨荒云隔。不知丁老走到哪儿了？我默默祝祷：走好，小丁老爷子——您当然知道，天堂里牛排应当足够吧！

2009 年 5 月 27 日于老牛堂

悼方成

　　常言道，人生七十古来稀。但这毕竟是古人常弹的老调了。改革开放以来，随着人民物质生活条件的改善、医疗水平的提高，活到一百岁的老寿星，常常出现。今年八月，漫画大师方成先生在友谊医院病逝，享年百岁，因难得，故这在我国民间称喜丧。事实上，早在九年前，我在写《杂坛人物琐录》一文中写到方成先生时，即说："眼前的方成，真是个好老头，甚至是老顽童，他至今仍能爬泰山，身体之好可想而知。他倘若活不到一百岁，那肯定是老天爷犯糊涂了。"事实证明，老天爷并未犯糊涂。但我不禁又想起好几年前我们在宁波的一次聚会，那次席上有清蒸飞鱼。一位中年漫画家开玩笑说："方成，您把这盘飞鱼吃了，就能飞上天！"方成说："飞上天好啊，但下不来可咋办哪？"那位画家说："不是说天上是天堂吗？您就在那待着吧，活到一百岁拉倒。"没想到，方成严肃地说："一百岁？我是上不封顶的！"但现在看来，正如俗话所说，天高意难测，人翻不过老天爷的手掌心。一百岁上终究被封了顶，成了方成的终天之憾。

　　但我想，如果方成翁天上有知，他在天堂里定会不时发出朗朗大笑声。因为，无论是当代还是后世，不管是学者还是作家，甚至是普通读者，只要写到、提到杂文、漫画，有谁能忘记方成？他的《武大郎开店》，既是家喻户晓的漫画，也是优秀的杂文。而且，依愚见，一百年后，甚至一千年后，这幅漫画仍然会受到人们的赞赏。何以故？因为那时的武大不会绝种，武大郎式的人物仍会继续开店。

　　方成先生的老家是广东中山，因此他的画作上常盖有一枚闲章"中山郎"，不免使人立刻想到"中山狼"，思俊不禁。有一年，我数月不见方老，很是想念，遂去他府上拜访。看见他正在数钱，遂问他何故？他说，我准备去中山探望我妹妹，坐飞机到广州，再换乘汽车。我一听大喜，说，我未到过中山，名著《断鸿零雁记》作者苏曼殊居士故居就在中山，我想去看一看。方老说，好呀，你现在就把身份证给我，我托人帮我们买机票，你赶紧回家收拾一下就过来，我们下午就走。到了首都机场，他对我说："你把机票给我，我走得比你快，我去办登机手续。"方老比我大二十岁，这顿使我汗颜。他把机票交我后，我立即把机票钱交给他，可他只收一百元，说："意思一下吧。我工资比你高，挣稿费也很容易，你不用跟我客气。"方老的厚道可见一斑。到了中山后，我陪他去见了其同父异母的妹妹，老人家也快八十岁了，他硬塞给她三千元，她很感动。方老对她问寒问暖，但却不肯在她家吃饭，让她破费。

　　后来我随他去广州麒麟山疗养院度假。疗养院很高级，风景宜人，伙食一流。吃晚饭时，我半开玩笑地说："方老，您何时有空，给我画一幅鲁智深像，用毛笔在宣纸上画，画的越凶恶越好。我会在上题跋，包您看了哈哈大笑！"他说："是嘛，我到时板起个脸，一笑不笑。"让我没想到的是，第二天清早，他就来敲我的门，说："我昨夜开了个夜工，画了这幅鲁智深，你看怎么样？"我一看，大喜过望！画中鲁智深浓眉大眼，络腮胡又粗又密，手执巨铲，寒光闪闪。我连声称谢，说："方老，画的太好了！"早饭后，我去他的房间，拿起毛笔在画上题跋，盛赞鲁达老哥是活佛，因为除恶即是佛，云云。文末并书"盐城百姓王三爷春瑜见方成大师造鲁智深像"云云，他看了不禁呵呵大笑。这幅画横竖超过二市尺半，返京后我拿到了西市裱字画店，裱好，又装大玻璃镜框中，置于书房，朝夕相对，诚赏心乐事也！同时，方老的慈颜也随之泛现在我的脑海中，成了永不磨灭的记忆。

10 月 23 日傍晚于老牛堂

悼
方
成

新四军大姐

　　1943 年秋天，我家借住在本家王凤池老爹的三小间空屋中。那一年我六岁。一天，一位年轻的新四军女干部住到我家。她把行李放在我和我姐姐合睡的床上后，就去开会了。直到晚饭后，她才回来。坐了片刻，她拉着我的手说："一起出去玩玩好吗？"我说："好的。"那天天空晴朗，月白风清。在明澈如水的月色中，远方持枪站岗的战士在轻轻走动，陆小舍、象家墩、张庄朦胧的身影尽收眼底。她静静地望着远方，沉思不语。在我今天看来，也许她在思考什么问题，也许是被月色陶醉。可是，当时我毕竟是个小孩，忽然对她说："姐姐，你是想家了吗？"她听了，笑起来，抬起手轻抚着我的头发说："你真懂事。"就在她抬手的一刹那，我忽然看见她手腕上戴着一个发亮的奇怪的东西。我问她那是什么？她伸出左手腕，说："这是手表。"并告诉我现在已是几点几分了。这是我平生第一次看到手表。她轻轻地哼着歌，是我从来没有听到过的。半晌，她问我会不会写自己的名字？我说："我已上小学二年级了，会写名字算什么？我都会看《盐阜大众》了！"她听后很高兴，夸奖我真聪明，长大了一定有出息。过了两天，她所在的这支队伍又要开拔了。行前，她从灰布挎包里拿出一本连环画给我，说："这是我特地给你找来的，送给你，很好看的。"我一看，书名是《冰雪中的小英雄》，王德威木刻。这是我平生头一次读到的连环画，而且是宣传爱国主义、英雄主义的连环画。后来，庄上的小朋友争着看这本书，抢来抢去，不久就弄破了。

岁月悠悠。1953年秋，我在盐城中学读高中时，同窗好友支木林学兄，见我爱好文史，慷慨赠我他珍藏的抗战时期著名文学家阿英先生主编的《新知识》两本。其中刊有阿英长子钱毅烈士写的《华中根据地出版书录》，《冰雪中的小英雄》竟赫然在目。他介绍道："（此书）王德威刻，张拓词。木刻连环故事。1942年儿童节，儿童生活社刊，图文并茂，48开横订本。"读着这几行字，勾起了我对往事的多少回忆！《新知识》至今我仍然珍藏着，已经属于革命文件。20世纪80年代，盐城研究新四军军史的阴署吾、曹晋杰同志，北京的王阑西老前辈、作家钱小惠同志等，都曾经借阅过此刊。我常常想起《冰雪中的小英雄》，很想重新看到这本书。我致电阿英的女儿钱晓云，因为我从她送给我的散文集《飘忽的云》中知道，她认识其父的好友、老木刻家赖少其先生（抗战时在苏中、盐阜工作过）。我想请她向赖先生打听一下王德威先生的下落，也许还能找到这本连环画，惜无结果。如今，少其先生已经去世。此刻，当我在柔和的灯光下写这篇文章时，不禁又想起了60年前那个秋夜的月光。那位大姐的面庞、身材，我现在仍然记得很清楚：短发、皮肤很白、瓜子脸，中等身材。可是，这位老大姐现在又在哪里呢？我谨在这里向她深深地祝福。我没有辜负你的厚爱。怀念你，老大姐！

2003年8月22日

却顾所来径，苍苍横翠微

——冯其庸先生 ①

　　洞庭木落楚云低，天寒岁末启情思。在猴年岁尾最冷的一天，我去北京东郊探望著名学者冯其庸先生。在他的画室，书斋，品茗闲话，真是如坐春风，暖在心头。

　　冯先生是无锡市郊区前洲镇人，可以说是太湖的儿子。听冯先生回首童年的贫困，少年的奋发，青年的拼搏，壮年的坎坷，老年的弥坚，翻开他蜚声学苑的一本又一本著作，欣赏他的诗歌、书法、国画、摄影作品，我仿佛置身在暮春三月无锡太湖之滨，看群山如黛，春波浩渺，一艘白帆正稳健地向天涯驶去……

　　冯先生是以著名红学家称名于时的，由于他的令人瞩目的红学研究成就而被推为中国红楼梦学会会长。他的专著《曹雪芹家世新考》《论庚辰本》，以及《梦边集》等一系列红学著作，都受到了国内外红学界的重视。特别是他首创的《脂砚斋重评石头记汇校》一书的排列校法，是古书校勘上的一次创新。他主持的《红楼梦大辞典》一书，更是研究者不可缺少的工具书。

　　冯先生的成就不限于红学研究。我请他谈谈红学以外的

---

　　①　冯其庸（1924年2月3日—2017年1月22日）。

成就，他笑着说："我不过是兴趣较广而已。"这自然是自谦。冯其庸先生对中国古典文学作过系统、深入的研究。1963年，中国青年出版社出版了他主编的《历代文选》，受到了读者的广泛欢迎，也受到了毛泽东主席的称赞。他写了数十篇研究中国古典文学的论文，后来收入《逝川集》，1980年由陕西人民出版社出版，曾获陕西省学术著作奖。最近七年来，他的《蒋鹿潭年谱·水云楼词辑校》（齐鲁出版社1986年版）、《朱屺瞻年谱》（与尹光华合作，上海书画社1986年版）、《吴梅村年谱》（与叶君远合作，江苏古籍出版社1990年版）等，钩沉史实，考订抉微，非浅尝辄止的泛泛之作所能望其项背。

冯其庸先生号宽堂。在他的画案上，有几十枚图章，其中有一枚曰"宽堂余事"。艺术大师刘海粟看了他的画后说："全是青藤笔意，此诗人之画，学问人之画，气质不同，出手就不凡，故不与人同也。"可见其画独具神韵。在冯先生的书斋里，挂着一幅海粟大师赠他的泼墨葡萄，上有题曰："骇倒白阳，笑倒青藤，唯有其庸，不骇不笑。刘海粟乱书，九十三岁。"足见海老对冯先生的推重。

冯其庸先生把书法的韵味、绘画的意境，融于他的诗词、戏曲评论、散文小品中，他的诗文清丽隽永。他的《春草集》中对戏曲的评论深入浅出、别具慧眼，文笔则如行云流水。他的诗深沉、清新。1989年5月，刘海粟老人在京请冯先生在他刚画好的八尺大幅红梅上题诗，冯先生挥笔题曰："百岁海翁不老身，红梅一树见精神。丹心铁骨依然在，不信神州要陆沉。"海翁大加赞赏，说此画他要珍藏，再不送人了。1981年，冯先生应邀赴美讲学。他忙里偷闲，夜读金庸的武侠小说，激赏之余，情不能禁，写诗一首曰：

> 千奇百怪集君肠，巨笔如椽挟雪霜。
>
> 世路崎岖难走马，人情反复易亡羊。
>
> 英雄事业酒千斛，烈士豪情剑一双。
>
> 谁谓穷途无侠笔，依然青史要评量。

——赠金庸

此诗发表后，金庸先生大为欣赏。冯先生的散文、小品甚富才情。他的《秋风集》（文化艺术出版社 1991 年版）中的《陈从周〈园林谈丛〉序》，用国画中的烘云托月手法，描写他与陈从周教授的深情厚谊，而展现在读者面前的是扬州的明月、北京颐和园冬夜的踏雪听松。已故著名学者杨廷福教授曾说，此文是不可多得的散文佳品。

冯先生已年近七十。我问他今后的打算，他指着 1990 年 11 月 18 日风雪中登嘉峪关城楼的题诗，笑谓：请看最后两行。诗曰："登楼老去无穷意，一笑扬鞭夕照中。"这就是学者、诗人、书画家冯其庸先生的襟怀。告别冯先生，走在路上，尽管朔风刺骨，寒气逼人，我却想起了李白的诗句："却顾所来径，苍苍横翠微。"借用这两句诗概括冯其庸先生的治学生涯，我想应当是贴切的吧。

1993 年 1 月于八角村

何当共剪西窗烛

——忆杨廷福先生

我是 1979 年初从上海师大历史系调入中国社会科学院历史所的。我的进京工作，与挚友杨廷福学长（1924—1984）的热心相助有很大关系。廷福教授是隋唐史专家，对唐律、玄奘的研究更独具匠心，成果丰硕。"四人帮"粉碎后，我心里很清楚，我是因为参加反对张春桥的斗争而沦为阶下囚的。现在张春桥是阶下囚了，我理所当然地应当换一个位置，还我自由。我在学校内公开贴出要求复查的声明，帮我贴声明的，只有当时还是少年、现在远在澳洲的我儿宇轮。紧接着，我便开始写揭露张春桥之流罪行的大字报。使我难以忘怀的是，廷福学长义无反顾地帮我抄大字报，还帮我贴出来。

1977 年春天，我终于彻底平反，重新走上教学岗位。不久后，廷福学长即被借调到中华书局，参加由季羡林前辈主持的《大唐西域记》注释工作。我是个习惯坐冷板凳读书写作的人，更适合搞研究，最理想的岗位便是历史所。廷福学长非常支持我，在京中奔走，去历史所找我的老同学以及他自己的熟人。好事多磨，经过一年多时间，在谭其骧师及北京市、上海市有关领导同志的关心下，我终于

在 1978 年底办好一切手续，进京工作。行前返沪探亲的廷福学长，特地约请汤志钧学长、钱伯城兄，到上海著名的"东风饭店"，参加由胡道静老学长做东为我饯行的晚宴。进京后我俩过往从密。我经常去中华书局看他，并由他介绍，结识了傅璇琮先生、张忱石先生、谢芳先生、崔文印先生、魏连柯先生等，诸兄的严谨学风、平易近人、热情好客，都使我有一见如故之感。近日我翻开这一时期的日记，便有很多与他们往来的记载，仿佛时光倒流回 20 年前，让我备感友谊的温暖。

进京后，我发表的第一篇有较大社会反响的文章，是《"万岁"考》。此文先登在 1979 年秋的中国社科院写作组《未定稿》上，后来为国内外的多家报刊转载。在写作过程中，廷福学长对我鼓励最多。我曾去中华书局看他，表示要写这篇突破禁区、也许会冒政治风险的文章。他说没关系，"四人帮"时大搞文字狱的暴政，毕竟一去不复返了！后来，他又在中华书局遍查史籍，抄了几条史料，专门到历史所我住的"土地庙"（按：当时所内同事对我所居斗室的戏称）告诉我。其中《诗钟》里的一则有关万岁的对联，就是我不曾掌握的。廷福学长交游甚广，他喜欢把他认为人品一流的饱学之士介绍给我。

如冯其庸教授，就是他介绍我认识的。《"万岁"考》草成后，我寄给冯先生看，他连夜快读给我回信，说读了此文，"可连浮数大白"，予以充分肯定。从此我们成了好友。20 多年来我一直视他如长兄，无话不谈。傅璇琮先生，谦谦君子也。廷福学长几次跟我说："傅璇琮先生，学问很好，为人再老实不过了，1957 年居然把他也打下去，真是冤哉枉也，你下次来中华书局时，不妨去看看他。"后来我去拜访傅先生，很谈得来。璇琮兄热情地说："你以后哪怕是路过此地，也要进来歇歇脚，喝杯茶。"他与张忱石、许逸民先生创办了《学林漫录》，向我约稿。我不仅陆续写了《漫话高夫人》《蒙汗药之谜》《蒙汗药续考》《秋夜话谢老》等文章，还约了亡友吴泰等学者，向《学林漫录》供稿。"文化大革命"前，中华书局出版过《历史人物传记译注》丛书，受到读者的欢迎。这时，傅璇琮先生、张忱石先生等决定继续出版这套丛书，他们知道我主要是研究明史的，约我将《明史》刘瑾、魏忠贤的传译注出版。我因事忙，便约请同事杜婉言编审，分头注释。我专门写了一篇《明代宦官简论》作为附录。这虽然是本小书，也是我与中华书局友谊的见证。

20世纪80年代初，很多单位住房紧张、夫妻分居两地，中华书局、社科院历史所概莫例外。谢芳、魏连柯诸兄，都住在办公室，有时自己动手，烧几个菜，大家一起聚餐、聊天。廷福学长、连柯兄打电话给我，我当然乐得去"打秋风"。大家边吃边聊，在我看来，聊天比吃饭、喝酒更有味。我们彼此都不设防，谈天说地，真个是其乐无穷。连柯兄是有些酒量的，我们成了酒友。有时我去中华书局，有时他来历史所，喝酒聊天，切磋学问，成了挚友。张忱石兄住家离历史所很近，他烧得一手好菜，我曾去光顾过多次。至于经常托他代购中华书局的书，更是不在话下了。

然而，后来杨廷福学长返沪执教，并不幸于1984年春患肺癌辞世，仅得中寿；魏连柯兄调回河北，终于夫妻团聚；我则先后住到古城、方庄，离中华书局距离日远。因此，与

何当共剪西窗烛

中华书局的朋友们，往来日稀。但是"何当共剪西窗烛，却话巴山夜雨时"。20多年前，与中华书局朋友们往来的日子，令我眷恋。而多次与廷福学长在中华书局的秉烛夜谈，他的音容笑貌，时时在我的眼前浮现，恍如昨日事。岁月悠悠天壤永隔，午夜梦回思之凄绝。

辛巳年（2001）11 月 27 日，灯下

廷福学长，英魂来归

亡友杨廷福教授的遗作《明人室名别称字号索引》经其哲嗣同甫增订补苴，即将由上海古籍出版面世，令我备感欣慰。

室名、别号之风，虽非始于明，但在明时尤其中叶后大炽，令后世读书人每感头疼。读过冯梦龙《警世通言》卷二十二《宋小官团园破毡笠》者，大概还能记得这样的情节："宋敦……拭泪未干，只听得坐启（按：小客厅也）中有人咳嗽，叫唤道：'玉峰在家么？'原来苏州风俗，不论大家小家，都有个外号，彼此相称。"宋敦也不过是守着祖宗田产过日子的小民，这号却起得文绉绉的，俨然是位学究。其实，这种起外号的风俗，又岂仅苏州如此？后来抱瓮老人编话本选集《今古奇观》，收入这则故事（易题为《宋金郎团园破毡笠》），便将"原来苏州风俗"云云，改为"原来近时风俗"，这就更符合实际了。

祝允明《枝山前闻》载："道号别称，古人间有之，非所重也。予尝谓为人如苏文忠，则儿童莫不知东坡；为人如朱考亭，则蒙稚莫不知晦庵。猥琐之人，何必妄自标榜？近世士大夫名实称者固多矣，自余闾市村曲细夫，未尝无别号者，而其所称，非庸浅则狂怪，又重可笑，兰桂泉石之类，此据

彼占，所谓一座百犯。又兄山则弟必水，伯松则仲叔必竹、梅，父此物，则子孙引此物于不已。噫，愚矣哉！至于近者，则妇人亦有之。又传江西一令，尝讯盗，盗忽对曰：'守愚不敢。'令不知所谓。问之左右，一胥云：'守愚者其号耳。'则知今日贼亦有别号矣。此等风俗，不知何时可变！"贼有别号，已属令人称奇，而强盗竟号守愚，还时时挂在嘴边上，真令人绝倒矣。明季歪风之一，中叶后山人满天飞，有学问的、更多的是胸中少墨甚至无点墨的，纷纷自称山人，道号也就跟着层出不穷。郎瑛曾不胜感慨地写道："昔黄慈湖曾有一书，与人辩道号之称，及世俗取者之多，予尝读之喟然。念子思、孟子称孔子亦曰仲尼，未闻号之称也。近世谄谀卑佞之习尤胜，似又非黄慈湖之时比也。二三十年之间，鳏生、小吏，亦各以道号标志，况有一命者乎，然皆忘其名与字，可笑也。"[1]

随着明朝浅薄、浮躁之风日甚一日，形形色色的字号、别称、室名越来越多，这给后世了解明朝历史，造成了不少麻烦，以不才而论，研习明史多年，常常因明人太多而且往往怪异的别称、室名等，感到困惑。例如，20世纪70年代末，我因考辨"边调曲儿"的来龙去脉，研究记载此曲的《豆棚闲话》。此书编者是艾纳（亦作衲）居士，我所见到的最早本子北京图书馆藏乾隆六十年三德堂刊本，首页上还有"天空啸鹤漫题"字样。嘉庆三年宝宁堂刊本，删去了"天空啸鹤"的序，又将"吴门百懒道人重订"改署"鸳湖紫髯狂客评"。这本书的编者、作序者、评者、重订者，到底都是什

---

① 《七修类稿》下册，文化艺术出版社1999年版，第628页。

么人？遍考史籍而不可得。多年来，我一直留心这个问题，除了终于弄明白艾纳居士是杭州人外，其余仍一无所知。

显然，廷福、同甫父子编的这部《明人室名别称字号索引》，将给阅读、研究明朝文献者，带来很大方便，真是功德无量。1982 年夏天，我因事返沪，去看廷福。时正酷暑，他却埋首在亭子间中，整理室名、别称、字号的资料，床上、地板上，铺满了相关卡片，因太热，上身打着赤膊，见了我，不禁相视大笑。其治学的刻苦，于此可见一斑。但是，比起他自"五七登科"被划入异类，工资从 180 余元降为 80 元，为养活一家老小，冒着被本单位发现后遭批斗、加重惩罚的风险，在假日偷偷到宁波，贩些凉席到上海卖，赚些小钱贴补家用。繁重的体力劳动之余，他仍然从事隋唐佛教、法律的研究，在灯下抽着八分钱一包的"大生产"牌最次香烟[1]，写出《玄奘年寿考论》《玄奘西行首途年月考释》《〈唐律疏议〉制作年代考》这几篇初稿，"四人帮"粉碎后发表，被谭其骧师誉为"足以与乾嘉学派大学者抗衡的传世之作"，而当年被单位发现他仍在所谓"走白专道路"，遭到训斥，迟迟不给他摘掉右派分子帽子……因此在挥汗如雨的斗室里辛勤著述，已属小焉矣哉，甚至不啻享如天之福了！没有在极"左"年代深受过政治迫害的人，对此恐怕是难以理解的。人生交友，贵在相知；而没有共同经历过困苦，很难相知。在廷福谢世前一月，我赶往上海的医院去探望他。他不时激烈地咳嗽着，拉着我的手，说："王兄，我们不是一般朋友，是患难之交呵！而我现在在这里苟且残喘……"说着泪如雨下，我

---

① 按：我一直怀疑，这是他后来患上肺癌的根本原因。

顿时失声痛哭起来。我永远也不会忘记在"四凶"肆虐时，廷福学长在无人时，长叹一声，偷偷地跟我说："你戴的是'现行反革命'的帽子，比我这顶'右派'帽子沉重多了，你现在是'潜龙在渊'，还不知什么时候'龙飞九五'呢，千万保重。"在那样艰难的日子里，老大哥对我的关怀、同情，是多么难得。这些年来，我在拙著《明朝酒文化》的序中的《今古何妨一线牵》《何当共剪西窗烛》等文章中，都写到与廷福兄的交谊。不幸的是，他仅得中寿。倘天假以年，活到现在，他在史学研究中，将作出何等辉煌的贡献！

当然，生也有涯，学海无涯。这部皇皇巨著《明人室名别称字号索引》，不可能搜罗无遗，尽善尽美。明朝文献太多，仅现存国内外的明人文集，就有五千多种，个人难以卒读。好在同甫正当壮年，继承家学，秉承乃父严谨、勤恳之学风，读书不辍，将来当可再增补此书。

我兄英魂不远，务望梦中来归共谋薄醉……

2002 年 12 月 13 日

送别何满子先生

5月8日，何满子先生病逝。他生于1919年，终年90，已享高寿。但中国古典文学界痛失一位前辈专家，杂文界更痛失元老，作为他的文坛同道，我的心仍悲凉久之，难以平静。

何老有颗赤子之心，坦诚、热烈，数十年如一日。六十三年前，我还是初小学生，邻人送我两本残破的小开本《成语小字典》，署名何满子编，当时我很纳闷，这个名字怪怪的，不知道跟《唐诗三百首》中的"一声何满子，双泪落君前"有什么关系？直到十几年前，我跟他打电话，提起此事，何老一惊，说："你居然在盐城水乡还读过这本小书！真是'哪壶不开提哪壶'，当时我穷得很，编这本小书纯粹是为了弄几个钱花花，没花多大气力，没有价值。"2000年，我替广东人民出版社主编《南腔北调丛书》，内收一何老杂文集《千年虫》，我给此书写了400字的前言，末行是："正是：一声何满子，杂文到眼前。"我在电话中向他说明此意，他听了呵呵大笑，说："你抬举我了！这就像'说到曹操，曹操就到'，我哪有这么大的本事？"其实，何老是过谦了，他是江南才子型的学者、杂文家，写杂文的速度颇为惊人。20世纪80年代，他应邀到连云港小住，一个星期内居然连续写了

18篇批评某先生的文章，全部都发表了。90年代初，他曾在《漫画世界》辟专栏，维持六年之久，写了四百五十多篇短小、犀利、直指时弊的杂文，受到读者的喜爱。我清楚地记得，当时有人重排"五四"以来新文学座次，把张爱玲等捧上天，对鲁迅、郭沫若、巴金、茅盾等文学巨匠，则贬斥殆尽。何老在专栏中斥责这样的新座次，不过是像旧时乡下的大仙庙，"狐狸、獐子、黄鼠狼、刺猬……皆登仙班矣。"真是一针见血，且令人忍俊不禁。他著文坚决反对文化界掀起的周作人热、张爱玲热。对后者，他还给包括我在内的多个文友写信，呼吁共同抵制，著文批判。他也反对武侠小说热，曾告诫我不要参加评点武侠小说。我曾碍于人情参与评点，结果惹了一身骚，冯其庸、我、陈四益等被武侠小说作家讥为"小学生水平"。正当我们愤愤不平时，何老著短文指出，我们"确实就是小学生水平"，因为武侠小说不论新旧，都是为旧文化续命的，我们根本就不应该去评点。何老的这一观点，是否有失偏颇姑且不论，但他旗帜鲜明，并不因为我们是他的朋友，就不予批评。坦荡心胸，令人钦敬。他痛恨腐败，不断写杂文抨击。1999年，他还在《漫画世界》连载《K长官轶事》，后请画家张静插图，由上海书店出版社出版。何老塑造了一个贪污腐败的高官，及其妻、女、二奶、秘书、司机等之间的钩心斗角，寡廉鲜耻，原地下台后又易地上台，故事曲折，笔墨酣畅，全不像时已八十的老翁所作。我曾当面跟他说："不了解您的读者，看了这本书，还以为您是二十几岁的青年作家呢。"何老听后不禁莞尔。

何老意志的坚韧，在当今学界、文苑，无人能望其项背。他是个自学成材者，儿时上过私塾，后又上过一个学期的初中和一个学期的高中。但是他博览群书，十八岁以前，已读完"前四史"和《资治通鉴》，在三十岁以前，又陆续读完《二十四史》和《清史稿》。在我们史学界，读完《二十四史》的，也仅有柳诒徵、吕思勉、陈垣、邓之诚，他们都是史学巨匠。惭愧的是，我也是个史学家，但仅读完《史记》《明史》《清史稿》。直到晚年，何老都坚持每年将《鲁迅全集》通读一遍，著文说："一百年后，人们评价鲁迅，肯定比我们今天对鲁迅的评价还要高。"没有坚韧不拔的意志，他怎能读这么多书？更遑论他还读了大量古今中外的著作。他十二岁就开始发表作品，著述不辍，1955年后被打入另册，剥夺了二十年的写作权利。待平反后重返文坛，已届花甲之年，仍勤奋写作，先后出版学术专著十三种，杂文集逾一十种，诗集、口述自传各一种，真是硕果累累。

何老笃于友情。读过他深情回忆亡友冼星海、吕荧、傅斯年、芦甸、张维华、李俊民、石西民等人的文章，他们的高风亮节，学问才华，鲜活地展现在我们的眼前。即以我而论，作为他的后学、友人，十多年来，他不仅赠我新出的每一本著作，我曾两次出面主编杂文随笔丛书，他都欣然加盟；我代起书名，他不但不怪罪，还在序中溢美。我的短杂文结集《新世说》，请何老作短序，他写了几百字，发挥鲁迅的话，说如果我指摘时弊的文字"葆有生命，就说明时弊已成痼疾，岂不可悲？愿申此意，并以王兄的作品为世道隆替的验证"。鞭辟入里，发人深省。去年有出版家建议我出版杂文合集，何老又是诗人、书法家，我请何老用毛笔写首打油诗作序好让读者同时能欣赏他的墨宝。他很快寄来《缀短歌题王春瑜杂文合集》："惯援史籍做文章，明史更为老本行，揭古议今时骏刻，幸而不逢申斥如当年，'劝君莫骂秦始皇'。"此短歌不仅隽永有味，书法更豪放中透俊朗。遗憾的是，这本杂文合集今年下半年才能面世，何老墨宝已成遗墨矣。

何老走了。据说天堂的路很遥远。我看何老未必在乎天堂。如果他地下有知，一定庆幸与他的知友王之化、贾植芳二老重聚，把酒论文坛，论天下，剧谈终宵，"不知东方之既白"。

2009 年 5 月 17 日上午于老牛堂。其时在上海龙华殡仪馆正举行向何老遗体告别仪式，此文权充遥寄何老之一瓣心香。

忆兼美玲学姐

老来常怀旧，最忆兼美玲。

我 1955 年以社会青年身份 [①] 考入复旦大学历史系。一年级共三个班级，我在二班，兼美玲与我同班。她家住徐汇区，家道小康，是教会中学毕业。教会学校教学条件都比较好，教学严格，学生素质高。兼美玲的普通话很标准，英语流利，书法在全年级女生中最好的。

她很赞赏孙道临的朗诵、配音。后得知李祖德同学的嫂子王紫娟（越剧演员，其夫红枫，是著名越剧编辑，所编大悲剧《灵堂花烛》，久演不衰，引得无数观众落泪）是孙道临妻王文娟的妹妹，故想通过这条线去拜访孙道临，学朗诵。孙道临为人谦和，从不摆明星架子，我想她一定是拜访成功的。

五十年代是尚"左"的年代。我们年级的党支部书记，出身皖北地主家庭，后来在县团委工作，当上干部，考进复旦，成了我们同窗。后来将教师团支部书记调来当专职党支部书记，在 1956—1957 年的反右中，把好几位同学打成右派分子，其实，这几位同学，没有一个是反对共产党的。兼美玲对政治很冷淡，全班同学纷纷打入团报告，她未打，团支

---

① 按：我高中二年级时因病辍学。

部书记还找她谈话，她也不改初衷。她衣着朴素，身体柔弱，说话总是轻声细语。批判大会、小会，她从未发过言。1958年，是所谓"大跃进"年，掀起一股全民大炼钢铁之风。我们年级在班干部带领下，也在宿舍后的空地上，支起一座小高炉炼钢，用长的铁锹在炉火中搅拌，非常吃力。我也干过，一会儿就满身是汗。女同学帮助运煤。一次班干部不在，我临时负责一座小高炉。兼美玲递过一张字条，用英语写了一句：我例假来了，请假休息。我连忙说，好的，这几天你都不要来了。她连声说道谢。

转眼间就到了1960年夏末秋初，我们毕业了，我被留校当研究生，师从梁任公高足陈守实教授学习元明清史（主攻明史），学制三年。这时学的是苏联体制，毕业后授予硕士文凭。兼美玲毕业后分配到中央人民广播电台工作，当编辑，1962年下放到安徽，要她去火葬场工作，被她坚决拒绝，后至常熟广播站工作。

1980年春天，我持明清史专家谢国桢教授的亲笔信，去常熟市图书馆找曾雍苏先生查书，并去拂水岩参观明清之际名人钱谦益（牧斋）的红豆山庄遗址，以及他的坟墓、其夫人柳如是墓。曾老很热情，还送了我一本建国前出版的图文并茂的袖珍本常熟手册。交谈中他告诉我，县广播站有个兼美玲女同志，复旦历史系毕业的，中年了，人很好，未成家，连男友都没有。我听了一惊，说她是我的复旦同窗，参观完毕，我赶紧去了广播站大院，那时她正在宿舍中点眼药水，我叫了她的名字，并说我是王春瑜。她听了立刻坐起，戴上眼镜，说，哎呀，我们快二十年没见了！我连忙说，美玲，你还是老样子。我说的是真话，她衣着朴素，穿的布鞋，脸色虽还是微黄，但干干净净，没有斑点，也没有皱纹。她长我一岁，却像亲姐姐一样对我，请我吃饭，陪我聊天，并要我把中装脱下来，让她洗干净，被我婉拒了。她还买一盒高级烟送我。她很忙，不仅要播出时事新闻，还要播出商业广告，一些公社、生产大队的需求，如求购二手拖拉机、打谷机之类。播出后，效果可以说立竿见影，马上就有农民打电话到广播台，要求购买。她马上再播出通知，建议买方与卖方联系，迅速成交。她就这样在默默无闻的平凡岗位，一直干到退休，才回到上海娘家生活。她一直无恋人，也无男友，有位老同学建议她成个家，她说算了，还是一个人自由自在。在以后的几年间，我曾到常熟附近的苏州、常州、昆山、上海出差，打电话给她，约她出来走走，她都因工作太忙，不能成行。

常言道，好人未必有好报。2000年，从不抽烟、洁身自好的她，竟因患肺癌逝世于医院。消息传来，我十分伤感。多年来，我时时想起她，近日还梦见她，还是生前模样，说话慢声细语。美玲学姐，愿你在天国好生安息，并能感知到我对你深深的思念。如有来世，愿我们仍是同窗。

2018年6月6日夕阳西下时

拜 年 记

国人过年，讲究拜年。犹忆儿时乡居，家贫，但母亲总要用白土布染成蓝色或咖啡色，千针万线，给我缝一件新衣，大年初一穿上，给长辈磕头、拜年。最快乐的，莫过于跟着母亲去舅家，给老外婆磕头，不仅有压岁钱，还有一大把花生。及长，我最后一次给长辈磕头是 1960 年，在无锡小柳巷，给妻家的亲戚荣家老祖母拜年。当时我还没结婚，老人家却客气地叫我小姑父，我受宠若惊，赶紧磕头称谢，恭喜发财。岁月悠悠，老外婆、荣老太、家父母等长辈，早已辞世，但不才给长者拜年的情愫，未尝稍减。好在现在家中有直拨电话，不管是天南地北的文友，要给谁拜年，打个电话过去就是了。

1999 年我最早给拜年的是老作家冒舒諲。2 月 12 日，他来电话，问起中国作协在全国政协礼堂举行的"首都文学界迎春茶话会"情况。因为先一天他就打来电话，问我去不去，我说已有文友来电相约在会上见面，不好不去，但我劝他不宜去，作为 1904 年出生的老者，何必在大冷天去赶热闹，感冒了怎么办？他听从了我的劝告。现在既然他又打电话来了，我便提前给他拜年，祝他健康长寿。他说："我已 85 岁了，来日无多，没做出什么贡献，真觉得活着没意思。"我立即安慰他："怎么这样说呢？您有那么多作品问世，贡献很大。其实，光您做的那八个梦，就够意思的了！"冒老一听就笑了[①]。一百多年来，自乃祖冒才子辟疆之后，冒家之风流倜傥者，实无出舒諲其右。电话中，他还告我，最近看了《文学自由谈》上我写的采访三陪小姐的文章，勾起了他对赛金花及扬州名妓卞三爷的回忆，这两位在民国初年，曾经先后提出要乃翁冒鹤亭老先生纳其为妾，以便终身有托；卞三爷还向冒鹤老正式提出，她手头有五万元积蓄，过门后，可抚养幼子舒諲成人，并出国留洋，回国后，她场面上认识很多人，工作由她安排。舒諲在电话中不无感慨地说："由于庶母坚决反对，此事不了了之。倘若当年此事办成了，我成了洋博士，可就不是现在的'土老帽'了，不过怎么称呼她呢？就说你吧，怎么叫她？"我毫不见外地说："我是晚辈，既是冒鹤老娶的，又不是冒充的，叫她冒奶奶不就得了？"没想到他却说："哎呀，不好办哪，叫她妈，我不就成了婊子养的了嘛！"说罢，他哈哈大笑，我也为之捧腹。我建议他将这段掌故写出来，题目不妨叫作《二度江南残花梦》，他说这个题目不错。我坚信，执着人生、性格幽默的舒諲，人生的好梦，还有的做呢。

我给年逾八十的漫画家方成打电话。他接电话后，立刻说："新年好！给您拜年啦！喂，您是谁啊？"我通报姓名后，说："我是给您拜年的，没想到您是先下手为强。"他说："不，是先下嘴为强。谢谢您寄来的书！"我说："您寄

_____

[①] 承蒙抬爱，其回忆录我得以先睹为快。其中有一章，题目是《八个梦》，回忆他年轻时先后与八位绝代佳人相识、相爱的故事，缠绵悱恻，感人至深。

来的书我也收到了，很感谢，真是来而不往非礼也。"他立即说；"是啊，有来有往是礼也。"我听出他一边说话，一边咀嚼，忙问："您正在吃饭？"他说："不，正吃苹果呢，不过，不妨碍说话。"干吗要妨碍他吃苹果呢？再说这个月初，画家黄永厚约他、我、伍立扬去其画室吃狗肉，我们天南地北地聊了几个小时，方成说的笑话令我开怀大笑了几次，我们说的笑话，也令他笑得合不拢嘴，简直像个老顽童。我看机智、风趣的方成，有希望活过百岁，遂放下电话。

我给上海的著名学者、老作家王元化打电话，家中无人。后接上海文友打来的电话，始知他已患重感冒住院。上海近日气温高达零上二十度，老天爷的神经恐怕有些贵恙了。接着，我给上海的科技史专家，也是文坛前辈、老学长胡道静打电话。他已八十六岁，身体却比前几年好多了；当年，我给他打电话，他十分沮丧地说："我每天吐几百毫升的血，太痛苦了，我要跟三毛一样自杀！"真是吓出我一身冷汗。而几年之后，今天胡老在电话中告诉我，他现在身体不错，虽不常写作，但还经常看书，也看到了我在《中华活页文选》上发表的文章中提到他的《意年之交》。这使我颇感欣慰。过新年，天增岁月人增寿，只有健康地生活着，才不辜负这良辰美景，无限春光。这里，我愿用给歌词圣手乔羽电话拜年时说的话，及"乔老爷"的话，给众文友拜个晚年："恭喜发才！我说的才没有贝字旁，您、我都是发不了财的，恭喜您新的一年里，继续才华横溢，佳作不断。""谢谢，是啊，'他生未卜此生休'，这辈子肯定是发不了财了。其实，恭喜发才，还不如恭喜健康，健康最重要！"

114

拔地苍松有远声

——悼元化先生

上月 8 日下午，我在上海，去瑞金医院探视病中的王元化先生。想不到一年不见，他竟病成这样：骨瘦形销，咳嗽不止，全靠吸氧、输液维持着生命。但是，他的神智仍然非常清醒，用微弱的声音对陪伴身旁的其二姐元清姐、妹妹及甥女介绍说，"这是明史专家"，并让元清大姐送我他的新著《人物小记》，令我感动不已。更令我感动的是，他一如既往惦记京中的好友，问李锐、吴江、邵燕祥先生的近况，我告诉他春节前有次聚会，我见到李锐老，神采奕奕，发言声音洪亮，吴江老人不仅依然下笔千言，还能写整版文章，燕祥先生动了大手术后恢复很快，思维敏捷，语言幽默如常，又可以写杂文了，他听后甚为欣慰。但又说近日京中有人来，说李锐身体不好，我答应他返京后了解一下。他很关心时势，但我说了七八分钟后，他即说，我累了，同时闭上眼睛。我怕影响他休息，赶紧跟他说："您多保重，我六月份再来看您。"他的听力已大为减弱，尽管我用大声说话，仍需要元清大姐再大声对着他的耳边复述，他才能听见。辞别元化先生，我的心头感到十分沉重，不禁想起 1984 年春天在龙华医院探望我的好友杨廷福教授（隋唐史、中国法律史专家，1924—

1984）的情形，他与元化先生患的是同样的病，病状也很相似。我返京不久，他就溘然长逝了。对元化先生，我很担心，次日我去探望何满子老前辈，告诉他元化先生病情危殆，何老叹息之余，安慰我说，他每天服一粒从美国进口的药，价格比较昂贵，估计还能维持一段时间。甚至有位友人跟我说，他还能活三四个月。但本月10日上午，我就接到了元化先生已不幸去世的噩耗，痛感失去了我最敬重的一位良师、益友，心中的悲凉难以言表。我在书房里默默地枯坐了一整天，翻看日记中与元化先生交往的记录，与他的多次合影，他的音容笑貌，对我的厚爱，不停地在我眼前浮现，恍如昨日事，我觉得他依然活着。

我结识元化先生很迟，但也有十一年了。1996年夏，他在《文汇读书周报》上发表《记辛劳》，深切怀念在孤岛时期结识的诗人老友陈辛劳。关于辛劳先生的下落，我珍藏的阿英编新四军出版的《新知识》杂志上，有条阿英亲自写的辛劳诗集的书讯，是条珍贵的史料，我便将此页复印，连同我写给元化先生的信，托该报编者转给他。元化先生看了此信后，很重视，亲笔来信道谢，并希望能进一步了解辛劳最后死难的详情。我托盐城、南京研究新四军历史的专家查阅史料，得知辛劳身患重病后，在东台被捕，死于敌手，但细节不详。我转告元化先生这些情况后，他仍然感到惘然，可见他对亡友是多么的一往情深。这年（1998年）春天，我去无锡给亡妻过校元女士扫墓后，在太湖畔的一家宾馆小住，致电元化先生问候，他接到电话后，很高兴，在电话里聊了一个多小时，邀我去上海时，可住衡山宾馆，由他代订房间，他也住在那里。我去上海后，受到他的热情款待，此时他的身体尚好，聊天二三小时，仍谈兴未减，话题涉及政治、哲学、文学、历史、戏剧、掌故，大概十句话中，他说七句，我说三句，真是汪洋恣肆，海阔天空，使我获益匪浅。此后，我每年都来上海，有时一年来两次，后来元化先生搬进庆余别墅，我就每次都住庆余别墅，有两次更是与元化先生对门而居。我在京中，也常打电话给他，除了问候起居，也告诉他一些时政、文友的信息。有时他也打电话来聊天。他每次与我聊天的内容，我觉得都很有收获，在日记中记下要点。

回顾与元化先生十一年的交往，他的博览苦读、宽厚待人都给我留下终身难忘的印象。

元化先生是位思想家、大学者，著作等身。但是，他仍然手不释卷，文、史、哲、经，古今中外，无所不读。晚年，元化先生的目力越来越差，以致只好请人给他读报、读书。但是，2004年春天他来电告我，已将牧惠送给他的几本杂文读完，有时读到深夜，会心时，竟哈哈大笑起来，真担心照料他生活起居的小伙子听了，以为他发神经了！他说牧惠的杂文里有大量信息，很多事以前他都不知道。看了他的《与纪晓岚说古道今》，觉得很有意思，很开心。我将元化先生的电话内容转告牧惠后，他很感动，说王老已八十四岁，目力又不济，却耐心读他的杂文，真感不安。元化先生还给牧惠打了电话，约他去上海见面，不幸这年6月8日，牧惠兄却突然病故，我电告元化先生后，他不胜痛惜。

斯人独憔悴

——忆舒諲 ①

　　1999 年 9 月 16 日的下午，老作家舒諲先生（生于 1914 年）坐在沙发上休息，小保姆给他一杯牛奶，他喝下后，继续闭目养神。但五分钟后，小保姆进来一看，发现舒諲虽然仍坐在那儿，但已经逝世。他神态安详，没有任何痛苦的痕迹。多年来，他患有冠心病。显然，他的心脏骤然停止了跳动。舒諲长我 22 岁，是位老前辈，但我们是关系比较密切的朋友，也可说是忘年之交。我曾帮他出版过两本散文集。在舒諲家中，在同仁医院高干病房，更多的是在频繁的电话交谈中，我深知舒諲晚年精神上很不愉快，备感孤独。虎年春节前，他在同仁医院养病，应邀给《新民晚报》写了一篇文章，他当场要我看，征求意见。文章结尾，落寞、激愤、厌恶人生之情溢于言表，说如有来世，他也不想重返人间，甚至想出家为僧。

　　舒諲的记忆力很好。他说他是中共秘密党员 ②，直到 20 世纪 90 年代，开会时遇到当年地下党的一位老领导，说：舒

_____

　　①　冒舒諲，笔名舒諲。

　　②　按：舒諲去世后，我去他家吊唁，舒諲夫人诸玉大夫谈起此事，说舒諲是 1933 年单线入党的。

諲，你是我党的老党员嘛。他才想到要恢复组织关系，但又考虑到自己老了。终究没有办理相关手续，心中彷徨苦闷。暮年时，他在回忆录中，有一章是《八个梦》，写他先后与八位绝代佳人相恋的故事。承蒙他不弃，给我看了原稿，近三万字，我读后拍案称奇。这倒不在于舒諲继承三百多年前乃祖、明末四公子之一、一代才子冒辟疆（1611—1693）的风流余韵，女友竟有八名之多，真是享尽人间艳福；而在于八十老翁，回忆青年时期的恋情，竟能写得缠绵悱恻，文笔清丽，如行云流水，堪称是现代版的《影梅庵忆语》[1]。但其家属坚决反对将《八个梦》收入回忆录《微生断梦》[2]中，也反对在刊物上发表。

我认为这八个故事，是时代的产物，舒諲若非是名公子[3]、多才多艺、年轻时长相又酷似程砚秋，以及民国时期社会动荡、离乱，就产生不了《八个梦》。《八个梦》实在也是时代的特殊记录。因此，我极力劝说舒諲将《八个梦》先在杂志上刊出，他很动心。为此，我约了百花文艺出版社的女编辑邓芳及美丽的徐丽梅小姐赶到同仁医院，与舒諲面商。二位小姐特地买了几十朵红玫瑰献给他。我开玩笑说："冒老，您看这二位小姐漂亮吗？"他躺在病榻上，微笑着说："漂亮。"然而，此时已被冠心病、膀胱癌折磨得奄奄一息的舒諲，人已瘦得脱形，再也无力按编辑要求，充实他的稿子，这也是他生命最后阶段的一大苦恼……

而今，舒諲没有任何痛苦地遽而撒手人寰，一切烦恼都

---

① 按：冒辟疆的名著。

② 按：舒諲去世后才出版。

③ 除远祖冒辟疆外，乃父冒鹤亭是民国政界、学术文化界名人。

斯人独憔悴

119

随之化为泡影，他终于解脱了，或者如同他在《微生断梦》中所说，他像"一个演员已经装扮起来等待许久，时刻准备出场。忽然落幕，宣布散戏了"。这虽然是很无奈，尤其是舒諲早在20世纪30年代就是名记者、名演员，见过不少政界名人，曾经为党"做了不少事"①，最终却默默无闻，未免是"冠盖满京华，斯人独憔悴"，而今终于随同湮没的辉煌，随风而逝，画上了句号：人生嘛，原本如此而已。

但我仍感慨良多。

正是：死去原知万事空，天垠何处觅影踪？多少秘辛成哑谜，空教后人叹西风。

舒諲因家世背景，又才华横溢，跟国共两党的上层人物有不少交往；出入上流社会，结交形形色色人物，知道很多杂事秘辛，实属现代史的珍贵文料。我深切感受到舒諲的去世，带走了很多中国现代史话的史料。

舒諲真的很爱开玩笑，他在语言上有独特的天赋。他的英语很流利，自不用说，还能说一口道地的上海话、苏州话、镇江话、如皋话、北京话、四川话等。聊天时，他说到某地某人，常用其地方言表述，惟妙惟肖。中央电视台播放《水浒》时，他非常欣赏王婆扮演者李明启的演技，认为是电视剧《水浒》中最优秀的演员。他打电话给表弟黄宗江先生，盛赞李明启。宗江开玩笑说："五哥，您这么喜欢她，我把她带来拜访您如何？"舒諲一本正经地说："那我不成了舒大官人了嘛！"宗江听了大笑。

舒諲的侄子冒怀辛是我的同事，研究中国思想史。但我

---

① 按：周总理见冒鹤亭老人时语，舒諲说是指秘密工作。

结识舒諲，却是黄宗江介绍的。1985年底，我因主编《古今掌故丛书》，约请吴世昌、冯其庸、黄宗江、李凌、周雷诸先生座谈。宗江说："我的表兄冒舒諲，满腹掌故，现在退休了，有失落感，你应该向他约稿。"我给舒諲去信，他很快寄来两篇文章，从此成了文友，往来近十四载。现在我很后悔，要是在他生前，我能专门抽出时间，与舒諲多次长谈，并录音、录像，该留下多少珍贵资料啊！

舒諲生前出版的最后一本散文集，他几经推敲，取名《孤月此心明》。他孤独、落寞的心境，于此可见。但是，在另一个世界里，我担心舒諲恐怕更孤独，因为那里不是充斥着势利鬼吗？

冒老，在阴山背后，您是否常常对着孤月叹气，感慨着唯有"冷月伴诗魂"呢？您千万别再想那八个梦了，太累人。多保重啊，您哪。

2004年10月29日上午于老牛堂

斯人独憔悴

忆　金　庸

　　做名人难，写名人也难。"横看成岭侧成峰"，而且难免雾中看，隔帘栊。写金庸先生者多矣，如香港某名报人在香港《文汇报》上写过长文《金色的金庸》，似乎金庸正丽日中天，飞黄腾达，金光闪闪；又如香港某女作家写金庸"沉默寡言，不善辞令……一般人皆感到他有一股慑人的气势，不易亲近"。但金庸留给我的印象，却全然不是这些。

　　五年前，香港中文大学举办国际中国武侠小说研讨会，于是，我与积极支持这次会议的金庸，有了较多的攀谈的机会。

　　金庸是位大作家，也是个以写社评闻名于世的政治家和拥有几亿港元财产的企业家。而他给我的第一印象，却是位"谦谦如君子也"的学者。记得会议开幕那天，我与同住一个宾馆的香港学者潘铭燊博士，台湾名报人、也是研究武侠小说的著名专家叶洪生先生，以及美国夏威夷大学的汉学家马幼垣教授等，都觉得既是国际会议，应当准时到达。我们提前赶到了会场。主持会务的陈永明博士却对我们说："查先生①早来了！"金庸微笑着与我们一一握手寒暄。在开幕式上，他做了长篇发言，言及古今中外，旁征博引，其中说到武侠小说对辛亥革命的促进作用，这是个很新颖也很重要的

————————
　　①　按：查良镛先生，即金庸。

观点。犹忆 20 世纪 60 年代初，我在复旦大学历史系当研究生时，曾读过辛亥革命前革命党人在日本创办的《江苏》《浙江潮》等杂志，即感受到其中强烈的侠义精神。我想，金庸很可能也读过这些杂志，并读了近代史专家的有关论文，才会得出那样的结论。他的精彩发言，绝不是一般文人所能道也。

金庸是个性格活泼、幽默、爱开玩笑的人。第一天会议结束后，金庸在很有名气的利园酒店彩虹厅，设晚宴招待与会学者，以及记者和香港文化界人士（如著名作家也是金庸的挚友倪匡等人），整整坐满了三大桌。因是对号入座，我眼睛近视，而且平素一贯大大咧咧，看到第一桌金庸先生对面的席上，有我的名字，就过去坐下。金庸先生见状，马上招呼我说："王先生，请过来，那是我们王世瑜主编的座位。"正说着，香港著名才子王世瑜先生已经走到，金庸作了介绍。我俩见彼此的名字如此相近，不禁笑了起来。可是，当我在紧挨金庸的右手看到我的名字时，心中不禁一动。我知道，这是主宾席，在整个宴会期间，酒菜都得首先从这儿上起。这真使我不安，虽说作为一名大陆的文史学者，无论在国内或国外的国际会议上，我从来都是谈笑自如，在这次学术讨论会上，我宣读的《论蒙汗药与武侠小说》的论文，也受到了学者的好评，但是，想到自己毕竟是史学家偶尔涉足武侠小说研究领域，敲敲边鼓，而非武侠小说专家，特别是想到赴宴的年长的学者，我总觉得自己不够资格坐在主宾席上。然而，我自小就是个不怯场的人，所以不会有离开主宾席的念头。而且，我随即意识到，这是金庸对大陆学者的礼遇，也是他对大陆情有独钟、无怨无悔情结的流露。他对故国山河、斯土斯民仍然怀着赤子之心。我的一些惴惴不安的

忆
金
庸

123

情绪，很快便被金庸幽默致辞引起的笑声、掌声所消除。他说："小说里每次武林大会后，总是盛宴，接着就是打个你死我活。这次我们召开武侠小说研讨会，也是武林大会。不过，希望诸位小宴后，千万别打斗！"我们边吃边聊，所谈内容极为广泛。我趁机核实了一下有关他和武侠小说的某些疑问。我也问过金庸是否会有朝一日，重新动笔，再执武侠小说的牛耳？他说，不会的。

金庸在家宴上的举止，至今感染着我。他穿着西装，与其人称"小龙女"的秀丽贤淑的太太在豪华居所的门口迎接来客。当我们都到齐后，他即换上很普通的灯芯绒便装，并建议我们宽衣，解开领带，说："大家随便好了。"席间，倪匡先生一如既往，谈笑风生，滔滔不绝。他酒量甚大，对金庸太太说："小二，拿酒来！"查太太总是微笑着，给他取酒。倪匡先生问我："你知道这只鲍鱼多少钱一只吗？2000 港币。不过，你不要感谢金庸，他现在是香港排名第 36 位的富翁，有好几个亿了！"金庸先生笑着说："我没有那么多。"席中，大家都高度评价了他的小说。不料，他听后神情庄重地说："这都是谀词。我当初写武侠小说，在《明报》连载，不过是为了扩大报纸的发行量而已。"这使我们看到了金庸先生严谨的学风、谦逊的美德。

最近，我接到香港中文大学学术交流处的邀请书，不久将再访港中大。不知现在常常浪迹天涯的金庸，届时又萍踪何处？愿蓝天冉冉南飞的白云，捎去我对他的诚挚的祝福。

1993 年冬于八角村

樱花·梅花

——忆山根幸夫先生

　　最近，日本东京的一位文友，在来信中盛赞蜚声国际的著名历史学家、明史专家山根幸夫教授的清德。很多留日、访日的中国学生及学者，都曾受到他的热情接待或充当经济担保人，或写学术推荐书，或著文评介作品，等等。作为明史同行，我对山根先生并不陌生。20 世纪 80 年代初，他执教于东京女子大学，曾应邀来中国社科院历史所明史研究室作学术报告。这是我第一次见到山根先生。他长发披肩，笑容可掬，演讲时语调平和、娓娓道来，俨然是一位老太太在讲古老的故事。后来我们便渐有往来。令人感佩的是，他主持日本"明代史研究会"，以一人之力，编辑学刊《明代史研究》，已出版二十六期，而且绝大部分文章都是由他亲自手写再影印制版问世的。这对一个年逾古稀的老者来说，花费了多少心力、体力！

　　这些年来，我的明史著作如《明朝宦官》《明清史散论》等，都蒙山根先生亲自撰文在《明代史研究》上介绍。尤其令我感动的是，他耐心、仔细地将拙著《明朝酒文化》读了一遍，然后撰文，逐章逐节地详细介绍本书，刊于《东洋学报》，达七页之多。今年盛夏，山根先生来访，我们在一起小酌畅叙。他来北京的次数，跟他的年龄一样，已过了"古稀"。这在日本学者起码是史学家中，恐怕无人望其项背。他的长发早已剪去，更显出一位老学者的亲和。我们天南地北的神聊，从中日两国出美人的佳山秀水，说到葬俗的差异，以及南明史籍的搜集、中国人文画的特点等，真个是兴之所至，小聚甚欢。

我曾在一篇文章中说：如果我们不能面对历史，又如何能面对未来？史学家更有义务面对历史。童年时，我曾目睹日军在乡下扫荡的暴行。我对日本极右势力复活军国主义的叫嚣，嗤之以鼻。山根先生曾在杂志上著文抨击这种叫嚣，充分显示了历史学家的正义感。前几年，我曾写过一首小诗，讴歌中日人民的友好情谊。现在发表出来，赠给山根幸夫先生，以及其他日本朋友。愿中日友好，灿如樱花，并像梅花那样，经得起冰雪的考验。诗曰：

樱花，樱花／开在富士山下／梅花，梅花／开在长城脚下／梅花暗香浮动／樱花灿如云霞／她盛开在人生的旅途／她盛开在锦绣年华／她令我魂牵梦萦／她伴我走遍天涯／天边的樱花倚云栽／梅花开处是我家／母亲在微笑／种子在发芽……／呵——／别了梅花／就是樱花。

1998 年 10 月 6 日

附识：山根幸夫先生已不幸于 2005 年 6 月 24 日病逝。愿他的在天之灵安息。2006 年 8 月 20 日记。

126

"庙"门灯火时

常言道，"野人怀土"。作为一个在野的普通百姓，我常常怀念旧居"土地庙"。尤其在夜深人静，当我在书斋里写作感到疲倦，茗碗在手，听着《二泉映月》《高山流水》之类民族音乐，看炉烟缥缈，思绪便飞向远方，飞向昨天，仿佛又置身在"土地庙"晨昏日夕……

我是 1979 年春节刚过，从上海调到北京，来中国社科院历史所工作的。单位住房紧张，人满为患。我只好与同事席康元兄及近日刚不幸去世的翻译家邹如山兄，挤在一间办公室里，晚上支起床，就算是寝室了。席兄心宽体胖，躺下不到一分钟，便鼾声大作，似隆隆巨雷，从天际排山倒海而来，而且如同一直处于交响乐的高潮，震撼人心，却听不到乐曲低回，云淡风轻时。住了一阵，我实在不堪忍受，只好采取"惹不起，躲得起"，搬到楼下地震时匆忙盖的值班室里居住。

这是约十平方米的斗室，夹在两棵高大的白杨树下，外形很像乡下的"土地庙"，故所内同事皆以"土地庙"称之。我清楚地记得，当我头一晚下榻此"庙"，路人看到'庙'中开着灯，开玩笑说："咦，'庙'里有神了！不知谁是'土地爷'？"后来他们知道我躲进"小庙"成一统，又开玩笑说：

"还不快点将'土地婆'请来共享人间烟火？"

虽说当时"庙"中并无"土地婆"，但我并不寂寞。所内所外的文友，来"庙"看我，说古道今，衡文角艺者，大有人在。最令人难忘的是宋史学者吴泰，中外关系史学者马雍，他俩分别住在所内的简易平房和办公室内，闲时常来串"庙"，无所不谈，马雍兄更是知识渊博，见多识广，声音洪亮，滔滔不绝，不知疲倦。此时，我的老学长、患难之交、玄奘和唐律专家杨廷福教授，正客居中华书局，参加《大唐西域记》的校注，不时来看我，并小酌数杯；有时诗人江辛眉兄也同来聚谈。独学无朋则不乐，这些学侣的来访，确实使小"庙"生辉，我的心智备受启迪。我曾对朋友们笑说："庙"不在大，有神则灵，群贤毕至，其乐莫名。但是，好景不长，在20世纪80年代前期，吴泰、马雍、杨廷福三位先生，先后病逝。吴泰比我小两岁，马雍比我稍大，廷福兄也不过刚过六十。"忍看朋辈成新鬼"，回想起与他们在"庙"中度过的欢乐时光，无边的思念、不尽的惆怅，时时向我袭来。马雍去世时，我也正在病中，未能去送别，只是托人捎去我的挽联，略寄哀思，至今仍深感遗憾。吴泰的遗体告别仪式上，我伤感至极，痛哭失声，从此以后，我不再愿意参加比我年轻的亡友追悼会了。至于廷福兄，在他病危期间，我赶往上海去探视，两人执手大恸，真是不堪回首……

后来，因基建需要，所里下令拆掉"土地庙"，已故科研处长钟允之同志，还对我开玩笑说："将来我们重建'土地庙'来纪念你。"拆"庙"前夕，弟子周勤小姐，刚好来京开会，替我拍了一张照片，如今成为小"庙"的珍贵纪念了。

是的，"土地庙"永远在地面上消失了，但永远不会在我的心中消失。我的第一本杂文集叫《"土地庙"随笔》，就是明证。

1999 年 1 月 22 日

『庙』门灯火时

送您杜鹃花

去年 1 月 12 日，文友方成、牧惠、邵燕祥、柳萌、何镇邦、陈四益等应邀来我的新居喝茶。说来也巧，天空做美，瑞雪飘飘。柳萌大哥冒着严寒在街上转悠了很久，买了两盆杜鹃花送我。但见枝繁叶茂，两盆均各有几十朵红花盛开着，明艳照人，如火如荼。我将它放在阳台的花架上，伴着窗外的雪花，杜鹃花以它骄人的红色给我们全家人及来访的文友带来温暖，带来春天将至的大自然的脚步声。让我倍感欣慰的是，这两盆杜鹃花从冬到春，从春到夏，从夏到秋，一直谢了又开，从未间断。今年一月上旬以来，其中的一盆更是鲜花怒放。春节时，我数了数，整整有 107 朵！我致电柳萌兄，感谢他送我这么好的两盆花。柳兄闻之甚喜，说："你肯定有喜事！我把福气、财气都送给你了。"这自然是玩笑话，也是吉利话。托柳兄的洪福，也是托杜鹃花的艳福，去年我的身体粗安，出版了两本著作，主编了三套丛书，作为一名普通学者、文化人，总算没有白活。今年，托福依旧，写书、编书依旧，也许比去年的成绩还要好一些。

我常常凝视着这两盆美丽、鲜艳的杜鹃花，它们成了我亲密的小友。其实，自古以来它就是国人的好友，诗人、学者、作家的文友。唐代诗仙李白写有《宣城见杜鹃花》诗，高声吟哦："蜀国曾闻子规鸟，宣城还见杜鹃花。"杜鹃花又名照山红、映山红、山踯躅，宋代诗人杨万里在《明发西馆晨炊蔼冈》诗中，曾谓"日日锦江呈锦样，清溪倒照映山红"。宋代的本草专家苏颂在《图经本草》中，谓"今岭南、蜀道山谷遍生，皆深红色如锦绣"。宋代学者洪迈的名著《容斋随笔》卷十，也记载杜鹃花即映山红："在江东弥山亘野，殆与榛莽相似。"这几位古人的记述是非常真实的。犹忆几年前，我从广州坐火车北上，途经江西，时正春天，山岭间杜鹃花红成一片，灿如朝霞，俨然是红色的海洋，让人见之心旷神怡。杜鹃花不仅让人赏心悦目，还是一味很好的中药。它的叶泡酒可治感冒、头痛、咳嗽等症。这应当是人们历来喜爱杜鹃花的另一个原因吧。

历史上杜鹃花曾一度被人误解为从西天佛国传来，故特别珍视，移栽宫中，成为皇家园林的娇客。唐代王建《宫词》有云："太仪前日暖房来，嘱向朝阳乞药栽。敕赐一窠红踯躅，谢恩未了奏花开。"是为明证。杜鹃花成了赐品，在宫禁中也是珍奇之物，这表明当时的皇帝位居九五之尊，高高在上，完全脱离实际。须知，杜鹃花是中国的土产，民间有的是嘛。可见，早在千年以前，一些人就有崇外心理，以为只要是好东西就是从外国传来的。这是隔膜的悲哀。

20世纪60年代戏剧大师田汉的《关汉卿》中，一曲《蝶双飞》气壮山河，动人心魄，末句是："待来年遍地杜鹃花，看风前汉卿、四姐双飞蝶，相永好，不言别！"春节已过，现在南国的红杜鹃想已开遍漫山遍野。愿将我心中的

杜鹃花，乘春风送给柳萌兄，送给天下所有珍视友情、爱情的至情至性的人——我深深地祝福您：像杜鹃花一样红火、灿烂！

2004 年 2 月 27 日

文坛耆老仰高风

——"陆秀夫纪念馆"征集文坛名家墨宝小记

723 年前，也就是公元 1279 年，正是南宋最后一个皇帝赵昺祥兴二年。这年三月六日，元朝大将张弘范率领水陆大军，攻破厓山（今广东新会南），在残山剩水间苦撑危局、坚持抗击元蒙斗争的南宋朝廷，终于失去最后的屏障。在生死存亡关头，丞相陆秀夫（1236—1279）大义凛然地对年仅八岁的帝昺说："德祐皇帝①辱已甚，陛下不可再辱！"他抱帝负背，"以匹练束如一体，将黄金玺垂腰间"，纵身投海殉国。此前，他已拔剑令其妻与子跳海。这种在征服者面前誓不屈辱、视死如归的爱国精神，壮烈千秋。陆秀夫与文天祥一样，是中华民族可歌可泣的民族英雄。

长期以来，陆秀夫一直受到世人的崇敬。张弘范曾厚颜无耻地在厓山北面一块奇石上刻"镇国大将军张弘范灭宋于此"十二字。明朝时即被削去，改为"宋丞相陆秀夫死于此"九字。从明朝初年开始，在广州市、厓山等地，即陆续建有三忠祠，纪念文天祥、陆秀夫、张世杰。至今厓山古建筑犹在，石山镌有田汉在 20 世纪 60 年代书写的"陆秀夫负少帝殉国处"。在陆秀夫的家乡盐城市，明中叶建有陆秀夫祠，

① 按：指恭帝赵，投降元朝。

早几年经重新修缮，已对外开放。在陆秀夫的出生地长建里——今盐城市建湖县建阳镇，明万历时建有"景忠书院"，将陆秀夫童年时因家贫点不起油灯，常去佛爷处借光的"醋神庙"，修葺一新，后又立"宋陆忠烈公读书处"纪念碑。可惜书院、神庙均毁于抗日战火，唯纪念碑尚存。20世纪80年代初，我曾去建阳镇凭吊陆秀夫遗迹，拂拭在战火中幸存下来的纪念碑，不禁感慨万千。生死场成安乐地，岂应无庐奠陆公？作为陆秀夫的乡党，又忝为史家之列，我曾多次建议地方领导在建阳镇重建"景忠书院""醋神庙""陆秀夫读书亭"，以纪念民族英雄，弘扬爱国主义精神，可惜人微言轻，迄无下文。

也许正如古人的两句诗所述，"衣冠不论纲常事，付予齐民一担挑"。令我惊喜的是，从去冬至今，陆秀夫的乡亲——建阳镇居民委员会主任袁立昌发动居民，多方集资，克服重重困难，不仅重建了二百多平方米的"景忠书院"、三百多平方米的"醋神殿"，还修建了二百多平方米的"陆秀夫纪念馆"，二十一平方米的"陆氏读书精舍"，以及秀丽的"陆秀夫读书亭"等，不久将正式开放。我为家乡父老的爱国情怀、文化视野感佩不已。我想应当为"陆秀夫纪念馆"做点实事。因在文史界舞文弄墨，我与某些文坛耆宿及名家有交谊，即使与个别巨匠无往来，也能通过文章说上话。请他们为"陆秀夫纪念馆"留下墨宝，或题字，或赠联，或赋诗，对陆秀夫的爱国精神、高风亮节，是有力的弘扬，也是对家乡父老的支持、鼓励。我给上海的中国古典文学研究专家、杂文家何满子先生打电话，说明情况后，他答应"一定遵命"。第三天，我就收到他在二尺宣纸上写的一首诗："败走厓山宋祚终，负王蹈海尽孤忠。于今七百余年后，犹仰英灵振颓风。"何老年过八旬，但思维敏捷，字迹潇洒、飘逸，令人钦佩。我给同住方庄的杂文界老前辈曾彦修（严秀）同志打电话，虽然他已84岁，正为严重的高血压症所困，仍然盛赞陆秀夫家乡人民做了件大好事，并给李锐同志打电话，请他题词。李老已是85岁高龄，收到我的信后，即打来电话，说恢复纪念陆秀夫建筑，保护好相关文物，很有意义，赞扬了建阳镇居委会的壮举。他详细询问了清人姜有庆的《吊陆丞相》诗，我一字一句地念给他听，因普通话不佳，他听来费力，但耐心听完，直到明白全诗为止。两天后，我就收到了他写在宣纸上的一首诗："大节孤忠义薄天，丹心永照汗青间。家乡父老深情义，垂范衣冠对镜前。"是的，历史是面镜，照来不平静。"衣冠不论纲常事"者，在陆秀夫这面历史的镜子前，应该感到惭愧。我给上海的王元化同志写信，这位82岁的当代学贯中西的鸿儒，冒雨去到上海图书馆为他特辟的工作室里，用毛笔在宣纸上写下一副对联："尚有祥兴书岁月，宋家统系仗公存。"（借用姜有庆诗句）我收到这份墨宝后，但见笔力遒劲，似乎纸上骤起风雷，落笔处皆作金石声。我给今年84岁的新闻界前辈、我童年时就读过他写的《刘邓大军精彩特写》的李普同志打电话，他很快写来一首诗："屋门一跃惊天地，多谢先生励后贤。莫道祇今皇历改，节行抛却只看钱！"真乃古为今用，振聋发聩。李老的书法在文化界颇有口碑，这次是写的大字，刚劲中透着柔美，令人爱不释手。近日，曾彦修老人特地请人送来他扶病写的一副对联："携君蹈海惊天下，举宝沉洋泣鬼神。"真是太难为他了！我给今年81岁的著名学者、书画家冯其庸先生打电话，冯老刚从江南讲学归来，身体欠佳。但他很快用四尺宣纸，写了陆秀夫的一首诗，以表敬仰之忱。冯老的字圆润秀逸，被行家评为"无烟火气"，这幅字当属"陆秀夫纪念馆"书法作品的镇山之宝。次日，冯老又来电，作了一首诗，曰："飘摇社稷一线危，生死存亡日月悲。留得乾坤正气在，清波一跃是奇男。"可惜的是，次日他就因病住院了。我衷心祝福他早日康复。

我不断向文友致电、致函。今年86岁的丁聪先生、84岁的方成先生、年逾古稀的牧惠先生、舒展先生、戴文葆先生、李国文先生、高莽先生，以及年近古稀的阎纲先生、年轻的伍立杨先生，都已寄来墨宝。邵燕祥先生已寄来一首诗："自古英雄生末世，每于患难见良材。关山万里归柴市，千古文章哭钓台。重镇临危传不至，败军受命散还来。大敌当前无再辱，厓山百世有余哀。"此史诗也，真不愧是著名诗人的大作。流沙河先生寄来一副对联："宋灭无降帝，陆沉有秀夫。"天衣无缝，真乃联语极品。韩石山先生、白钢先生、何镇邦先生的墨笔也将寄来……

感谢文坛耆老及诸名家对陆秀夫家乡的人文关怀。愿他们的热忱与"陆秀夫纪念馆"同在，与建湖水乡的蓝天碧水同在。

2002年7月16日于京南老牛堂

沧海月明珠有泪

——悼牧惠

　　6月10日，一个闷热的夏夜，我漫步在平安大道上，突然手机响起。文友柳萌兄打来电话，说朱铁志在找我，告诉我一个不幸的消息：牧惠先生已于6月8日下午去世。我简直不敢相信自己的耳朵，这怎么可能呢？5号我们还在一起开会，他发言时，我插话打趣他，引起举座大笑，老牧也忍俊不禁。7号上午，他还打来电话，说随单位老干部一起到郊区休息两天，要把手机号码告诉我，有事可随时找他。我说："不用了，不就两天吗？你刚从欧洲回来没几天，不是说觉得很累吗？趁这机会，好好休息。"但谁能想到，转眼之间，他竟永远休息了。这一夜，我在床上辗转反侧，难以入眠，往事不停地在我的脑海里盘旋。

　　牧惠本名林文山，年长我九岁，是前辈。我在读大学时，已拜读他的杂文了。我跟他第一次打交道，是"四人帮"粉碎后不久，我获得平反，重新拿起笔。我写了一篇文章，投给广东的《学术研究》，不久就收到了林文山热情洋溢的回信。当时他是该刊的负责人，不过，与他见面是我从上海调到北京工作好多年之后了。那是一次报社召开的座谈会。我与他打招呼，叫他牧老，他立刻纠正道："怎么叫我牧老呢？

叫牧惠、老牧就行了。老牧，老来还在放牧呢。"他的温和、风趣立刻引起我的兴趣，我笑着说："古有文文山①，今有林文山。"他马上正色道："你要我学文天祥绝食而死啊？"说着，我们俩都哈哈大笑起来。从此，我们来往日多，成了好友。

老牧虽然是杂文家，但在20世纪40年代后期，他读的是中山大学历史系，与我是同行。他是杂文界屈指可数的有深厚史学功底的作家。关于历史，我们有说不完的话题。当然，我毕竟主要是捧史学饭碗的，他在写作中，有时碰到一些史料问题吃不准，会来电问我，我都就己所知，原原本本告诉他。这在朋友之间，是再寻常不过的事了。但他却几次在文章中说，"请教明史专家王春瑜兄"云云，使我受宠若惊。我曾跟他说，古人有通财之谊，文友有通材——即材料、史料——之谊，以后文中不要提我。他却说："那多不好，君子不掠人之美嘛。"

事实上，老牧最难以忘怀的，恐怕就是朋友之情。我曾出面主编的三套杂文、随笔丛书，几乎都是老牧敦请的产物。他每年春天都会跟我说："我去年写的杂文已编成一本书了，你出面主编一下，把我的书收进去，怎么样？"这对我来说，当然是义不容辞的，何况其中多半也有我的集子，还能拿一笔编辑费。他对广东人民出版社出版的《南腔北调丛书》（内收他的杂文集《沙滩羊》）、兰州大学出版社出版的《心海夜航文丛》（内收他的杂文集《把圈画圆》）非常满意。几次跟我说："春瑜兄，多亏你啊，真是立了一功啊。"我总是跟他说："干吗这么客气？"事实上，只要有出版社请我出面主编

---

① 文文山：即南宋名臣文天祥，字宋瑞，号文山。

杂文、随笔集，我第一个想到的就是牧惠。这位杂文界的老大哥不仅闻名遐迩，文章质量高，非他加盟不可，还在于他从不计较稿费高低，常说："我们有工资，有住房，书印出来就好了，要那么多稿费干吗呀？"不是所有杂文作家都有他这样的胸襟。我曾经主编过一套随笔丛书，有二位老作家闻讯要求加盟，我一向尊重前辈，欣然同意。他们在合同上都签了字，包括稿费标准。可是书出版后，他们却都愤愤然，说稿费太低，不但抱怨我，还指责出版社。说真的，我非常后悔帮这两位出书。对比之下，怎能不让人敬重牧惠。

他常跟我叨念朋友的好处，如说："燕祥绝顶聪明，文字比我好，为人善良，对朋友真诚。"对文友中的前辈、长者如李锐、吴江、曾彦修、何满子、王元化等，更是敬重不已。王元化先生年过八旬，健康不佳，视力日弱。但他在电话中告诉我，非常欣赏牧惠的杂文，坚持着将近年牧惠送他的几本杂文集都读完了，觉得里面有大量的信息，读了很有收获。对《与纪晓岚说古道今》这本书，他也很欣赏，说很有意思，读了让人开心。我将王老的这些话转告给牧惠，他听了很感动，说："王老这么大年纪了，视力又不好，竟把这些书看完了，我真感到不安。"元化先生还与牧惠通了电话，约他到上海见面详谈。牧惠曾与我商定，秋后找个机会，一起去探望元化先生。6月11日上午，我致电元化先生，告诉他牧惠的噩耗。王老十分震惊，痛惜之至，叮嘱我："我虽没见过牧惠，但精神上早就相通，请代献花圈，务必写上'老友牧惠千古'。"

牧惠遽归道山，留下不少遗憾。我想遗憾之一，应当是未来得及与他甚为敬重的元化先生谋面，畅叙衷肠。老牧是

位老共产党员，为人方正，生活朴素、严肃。他曾跟我说，有次他去发廊理发，有个女孩竟要拖他到里间按摩，吓得他立刻夺门而出，抱头鼠窜。我听后大笑，说："至于嘛，她又不是老虎，应当处变不惊，亏你还打过游击！"他立刻反唇相讥："你这家伙要是活到我这把年纪，肯定是个老不正经、老不死！"其实，老牧是个幽默、风趣的人，老朋友之间，他很爱开玩笑。有次我给他打电话，问："老牧，干吗呢？"他说："一个人在爬格子呢。"我问："怎么成了孤家寡人？嫂夫人呢？"他的回答真是妙不可言："去香港我女儿家了。现在我是快乐的单身汉！"我立刻笑出声来。我曾将此事告诉邵燕祥兄，他笑着说"牧惠是个老顽童"。今年4月下旬，我邀请老牧去安阳师院讲学，他讲的题目是《20世纪40年代以来杂文的发展》，受到师生的热烈欢迎。有位学生递了一张纸条，问："如何使杂文深入到大学课堂？"老牧答道："这很好办。有机会，你们经常邀请我来讲讲，不就深入课堂了吗？"教室里立刻哄堂大笑，老牧自己也情不自禁地笑得前仰后合。

说不尽的牧惠。老牧是名人，但在我的心目中，是个凡人，是可敬可亲的老大哥。而今，他却像一阵轻风，悄然掠过，永远消逝。长留人间的，是他的四十多本著作，尚未出版的遗著，以及他的亲人、文友们不尽的痛惜与思念。这几天，天气不好，没有月色。但遥望长空，我却想到了如水的月光，想到了波涛汹涌的大海，想到了李商隐"沧海月明珠有泪"的悲凉诗句。是的，牧惠的作品不就是文海中的明珠吗？愿他的英魂永远与沧海、明月拥抱在一起。

2004年7月10日

一位学术苦行僧

——悼亡友顾诚教授

（2003 年）4 月 24 日，世界卫生组织宣布撤销对北京的旅游警告，摘掉疫区的帽子。我立即打电话给好友顾诚教授（1934—2003）的夫人何龙素女士，说我要尽快去医院探望老顾。她说好，并约定明日下午三点在老顾所在病房的那座楼门口等我。我还约了中央民族大学历史系的陈梧桐教授同去。不幸的是，这日中午，龙素即来电，说顾诚已于十一时十分去世。说真的，虽说对这个噩耗我并不感震惊，因为老顾由于发现肺癌晚期，在 4 月 4 日送医院治疗后，即突然呼吸衰竭，后来又肾衰竭，一直处于临危状态，随时都有撒手人寰的可能。但是，想到 25 年来与他的交谊，多少往事浮上心头，仍不禁悲从中来。我痛感失去了一位可以深入切磋明史学问的朋友，也失去了一位可以无话不谈、推心置腹的挚友。

1978 年深秋，在亡友谢天佑教授的精心组织下，华东师大（当时因"文化大革命"时五校合并，称为上海师大）历史系发起并举办了中国农民战争史学术讨论会。这是"四人帮"粉碎后召开的一次全国性的学术会议，备受史学界、新闻界瞩目。我对"四人帮"假、大、空的阴谋史学深恶痛绝，

因此，当我读到顾诚的论文《李岩质疑》，深为他的钩沉史料、严密考证功夫所折服。事实上，这篇论文是当时在明史学界产生很大影响的重要文章。我为参加这次会议，准备了《明末农战史杂识》这篇文章，考释明末的"毛兵"、桃花源、"边调曲儿"。会上，我见到顾诚，与他交谈起来。他笑着说："看了你的《明末农战史杂识》，是考证文章，我还以为你是位老先生呢，想不到你还这样年轻。"其实，当时我已经41岁了，只是看上去还比较年轻而已。而我端详顾诚，他仅比我大三岁，但瘦削、憔悴，俨然年过半百。我猜想，也许是他太用功所致吧？会议结束时，我跟顾诚兄道别，告诉他，我即将调入中国社科院历史所明史研究室，他听了非常高兴，说我们以后一定要加强联系。返京后，他即给我来信，并抄了康熙《信阳州志》中关于"毛兵"的一条资料给我。后来我正式发表《明末农战史杂识》时，在文末加了"附识"，引用此条材料，并注明："承北师大友人顾诚同志抄示，爰特书之，并致谢意。"此文先后收入我的论文集《明清史散论》及学术自选集《古今集》中，成了我与顾诚兄友谊的见证。

进京后，我写信告诉顾诚兄，他很快就来看我，以后更常来，谈史学界动向，谈各自的研究计划，也谈政治动向，有说不完的话。每到吃饭时间，我邀请他到食堂或附近的饭馆用餐，他总是婉谢。后来我才知道，他书包里装着冷馒头，赶往图书馆去查书，京中的几家大图书馆，都留下他的足迹，而北图（今国家图书馆）的善本部、方志部，更是他常常光顾之所在。无论是赤日炎炎的盛夏，还是寒风凛冽的严冬，他从未止步，骑着一辆旧自行车，穿行在大街小巷，进出于图书馆门里门外。他是个诚实、厚道的人。他几次邀我到饭馆吃饭，被我谢绝，有一次拗不过他的坚持，去前门一家川菜馆，吃了午饭。那时他还能喝一点白酒，边吃边聊，实在是人生至乐。1981年春节前，顾诚兄特地来历史所我的暂栖地"土地庙"，邀请我与儿子宇轮大年初一一起去他家吃饭。我被他的盛情感动，只好恭敬不如从命。当时龙素女士才35岁，又显得特年轻，老顾不时微笑着往她碗里夹菜，俨然是一位长兄呵护小妹妹。他俩的掌上明珠顾珊才两岁多，天真烂漫，活泼可爱。我们父子道别时，顾珊竟不让走，说："叔叔，大哥哥，不要走，我很喜欢你，晚上就与我们一起睡。"我与老顾听了，不禁哈哈大笑。他们的家是温馨的家。

我进历史所后，被借到刚创办的《中国史研究》当编辑一年。该刊有时有半页空缺，需要写则短篇学术札记补白，多半是史实考订。有次我给顾诚兄去信，希望他能写一两篇寄来备用。他很快来信，指出谈迁《北游录》中《禽言》的作者之误、河南一位学者对明末农民战争文献的误读、南京某教授对清初文献的一处曲解，并说：古人有通财之谊，你我是好友，也应有通材之谊——即通用历史材料之谊，这些材料供你参考，你可以写成文章。我写了一篇短文《〈流土记〉与〈流寇记〉》，刊于《中国史研究》，不敢掠顾兄之美，故具名"劳固"，乃老顾之谐音也。当然，有时我发现某种新的史料，也会及时转告他。友人陈学霖教授帮我从台湾复印了明初重要史料《明太祖钦录》，我告诉老顾，他很想一阅，我随即寄去。他性格内向，说话委婉，我性格外向，说话、作文都是直截了当。他的大作《明末农民战争史》，是我建议他在论文的基础上，进一步架构、深化写成的，并向我的好友，时任中国社会科学出版社副总编辑的李凌兄面交了推荐书。我对书稿直率地提出过不少意见，他都认真做了修改。他读了我的论文《顾炎武北上抗清说考辨》后，指出一条史料有误，后来我将此文编入学术自选集时，作了订正。他的严谨学风，在明史学界是有口皆碑的。

1985年冬，我生了一场重病，从医院出来后，花了半年多时间，才调整过来。养病期间，我对人生反复思考，有了新的感悟。学问无涯，但人生苦短，拼命不如长命，做学问与其"飞流直下三千尺"，还不如老牛耕地夕阳天，虽慢，但田里照样能长出庄稼，获得丰收。我断然戒掉抽了24年的香烟，从此不断伴着咳嗽的严重支气管炎，不治而愈；再不熬夜，尤其是绝对再不通宵达旦写文章。我在电话中及当面向顾诚兄多次建议，甚至是严重敲警钟，要他戒烟，改掉夜里工作、白天睡觉的习惯。我曾对他说："毛泽东也是阴阳颠倒，夜里不睡白天睡。但你有他的条件吗？你甚至没有鲁迅的生活条件，而鲁迅活多久，你是很清楚的。"但他听不进去，继续在熬夜、浓茶、抽烟、失眠、安眠药中恶性循环。20世纪90年代初，他来我家，不过爬了四层楼梯，已很费力。两年前，我们一起去台湾开会，但所有的旅游项目，他都未参加，根本走不动，只好待在亲戚家。后来，我们又应邀一起去过石狮、厦门参加学术活动，他是越来越衰老了，体重不到80斤。他与我同居一室，我夜半醒来，他还没睡着，静静地躺在床上，看上去真是形容枯槁，他有时激烈地咳嗽着，表情痛苦，我很揪心，但又无可奈何。半年前，他有次来电话，说艰于行走，只能待在家中。我建议他赶紧去医院检查，是否严重缺钙？是否肾有问题？他说用不着。他哪里知道，癌细胞已经扩散到腿部。多年来，他从不参加例行的体格检查，不重视营养，家人要他吃得好一些，他还不高兴。他穿的衣服相当陈旧，甚至不让家人买较好的手纸。我不能理解他为什么要过这样苦行僧式的生活？这真是莫大的悲哀。

像油灯耗尽，像蜡炬成灰，像落叶飘零，像溪水流入江河，顾诚兄永远地走了。但是，油灯、蜡炬都曾用光亮照人；落叶曾用其葱绿展示其蓬勃生机；溪水一路潺潺有声，给人们带来美好的回忆——回顾顾诚兄的一生，尤其是近三十年来的学术生涯，他不正是这样的油灯、蜡炬、绿叶、溪水吗？

2003 年 7 月 10 日于西什库老牛堂

忆"田克思"

"田克思"者，历史学家田昌五先生之绰号也。他先在中国社科院历史研究所工作，任研究员、先秦史研究室主任，退休后被返聘担任山东大学历史系教授。20多年前，那时的博士生导师，还值几个钱，不像现在的博导满天飞。我在杂文《新编论语》中就曾写道："三人行必有博士焉，三博士行必有博导焉，三博导行必有国学大师焉……"由此可见一斑。

其时山大历史系中国古代史专家王仲荦前辈驾鹤西去，把系中唯一的博导头衔也带走了，昌五先生是博导，遂去山大填补空白，先后培养了几十名博士，虽还不能说弟子如云，但也蔚然成群了。他20世纪50年代初从北京大学调入历史所，因言必称马列，对马列经典著作滚瓜烂熟，行文中更大段大段地引用马列原话，历史所同仁好起绰号，如"林狗头""陈一刀""刘二混""周扒皮"之类，甚至有"雍大×""杜大×""陈大×"，比起这些俗不可耐的下里巴人绰号，昌五被半是尊崇半是揶揄地戴上一顶"田克思"的桂冠，已属阳春白雪了。

但是非常人仍有非常之事，能集大雅、大俗于一身者，才叫不同凡响。昌五是何等人哪！他又被称为"田猴子"。

何故？一是他经常标榜"我是火眼金睛"，"一贯正确"，俨然是孙猴子转世。二是他与人聊天甚至在开会时，往往蹲在椅子、沙发上，双手在胸前下垂，真有点人模猴样。昌五对不时有人叫他"田猴子"，并不为忤。我猜度，他当然知道，伟大领袖毛主席曾说过，自己身上有猴气；昌五也有，不亦快哉！——当然，我这样想，也许有"度君子之腹"之嫌。

我很早就知道田昌五先生大名，20世纪50年代，我在复旦大学历史系读本科、研究生时，已读了他的一些文章及论王充的著作，此时他在史学界已是大名鼎鼎。1977年春，我很后悔在"文化大革命"中卷入政治漩涡，虚掷年华，一心想离开大学讲台，到历史所坐冷板凳，研究明清史，与所内中学、大学时的老同学经常通信，与唐宇元兄通信尤多。有次他在信中说所内多年未评职称，田昌五、王戎生、牟安世等，至今还是助理研究员，这让我大吃一惊，我本来以为，这几位享誉史学界，早就是研究员了。

似乎是1982年冬，河南出版社编辑张黛女士来我所约稿，写一本《历史学概论》，列入《哲学社会科学基础知识丛书》。我的好友白钢先生拉我入伙，并说"请田克思也入伙，他名气大，由他打头炮"。昌五与白钢关系不错，应约而至，到我人称"土地庙"的陋室商量。他当仁不让地说："这本书虽然是基础性、知识性的，但由我牵头，不可小看，必须是马克思主义史学体系的高度浓缩。你们二位还把握不了，我起草全书纲目，然后分头执笔。"我与白钢求之不得。过了两天，他拿来此书提纲，共七章，前五章都属史学理论，正是他和白钢的拿手好戏，天马行空，腾云驾雾，不费吹灰之力；

第六、七章是"历史学的过去和现状""研究历史必备的资料和工具",却很具体,我在大学教过历史文选课,对这些内容熟悉,于是我承担写六、七章,前五章,自然由田、白二位马克思主义史学家小试牛刀了。我太忙,他们二位都交稿了,我才动笔。等我写完了,照理我应将全书通稿一遍,但我翻了几页,觉得二位都是写作高手,我何必再劳神?便写了"后记"具名田昌五、居建文,便将书稿寄给出版社。后来白钢问我,"居建文"是不是居住在建国门的意思?我说:"可不是么,居住在建国门内的两个无聊文人,跟在田克思屁股后面摇旗呐喊,倘具真名,岂不寒碜?何况这书才15万字,具三个人真名,不值吧?"白钢听了,哈哈大笑。1984年春,本书出版。"田克思"拿到样书后,很生气,见装帧太差,封面没有作者署名,像"文化大革命"时印的大批判文选,说:"太不像话了!我要批评他们!"我没好气地说:"这就是你们河南人(他是漯河人)的德性吗?"他立刻一脸严肃地说:"你怎么能这样说呢?河南不还诞生了大史学家田昌五吗?!"说完大概感到底气有点不足,自己先笑了。稿费寄来后,昌五说:"三人均分,不要细算了。"[①]白钢开玩笑地说:"你拿高薪,钱花不完,我与老王都是穷光蛋,你那份就算了吧。""田克思"立即正色道:"你们也不能把我剥光嘛!"真是义正词严,掷地有声。

田昌五先生参加过缅甸远征军,奋勇抗击日寇;是中共地下党,坚决反蒋;担任过北大团委、学生会、北大附属工农速中[②]等单位领导;能说,能写,著述不辍。平心而

---

① 按:他写的字最多。

② 北京大学附属工农速成中学简称。

论，论资格，论才能，他当历史所副所长、所长，都足够。但是，他始终没有进入所级领导班子，对此，他一直耿耿于怀。直到 1986 年夏天，我去威海参加白钢的《中国政治制度史》大纲座谈会，昌五刚好也在那里召开他主编的《中国封建社会经济史》座谈会，遂一起坐车进出。他一下车就不胜感慨地对我说："你看，我过了六十了，副所长当不成了，有什么办法！"我安慰他说："你是名满天下的大学者了，何在乎区区芝麻绿豆官？管他呢！咱们做一流学问，走遍天下。"昌五听了我如此刺耳的话，没有吭声。"相逢尽道休官去，林下何曾见一人"。多少人口称不愿做官，却削尖脑袋、不择手段往上爬，是十足的伪君子、假道学，昌五"以天下为己任"，找上门去要做官，是真君子、真道学。这一真一假，差别大矣。

不了解昌五的人，以为他个性张扬，眼睛朝天，脱离群众。其实不然，他经常与我们这些比他小十几岁的同事在一起聊天，甚至胡说八道。不知何故，他与其妻结婚多年，未生育。老来寂寞，便将其弟之子过继为儿。昌五对小家伙喜欢异常，让他骑在自己项上逛街、上班。一次，他在所内与几个人闲谈，突然一本正经地说："我告诉你们一个秘密，我这儿子是我亲生的。"大家都嘲笑他："拉倒吧，你那小兄弟个头太小，谁不知道？"他立即反驳："个头虽小，但膨胀系数极大啊！"众人绝倒。有次他又谈起远征军的光荣历史，白钢打趣他："国民党的军队往往偷鸡摸狗，奸污妇女。我看你也好不到哪里去！"没想到田公一本正经地说："不偷鸡摸狗、搞妇女，那还当什么国民党兵？"大家都笑得人仰马翻。

　　岁月不居，"田克思"昌五先生已去世近 9 年。他作为马克思主义史学家、先秦史专家，有多种史学专著行世，早有定评。我常常想起这位老大哥，非常怀念当年与他在一起聊天的快乐时光。在当今货真价实的历史学家中，像昌五那样狂傲个性率真者，我再也没有见到过第二个，今后恐怕也不会再有了。无边的寂寞、惆怅，涌上我的心头。

"亦狂亦侠亦情深"

——送别舒展

　　《人民日报》社人才济济，仅就杂文家而论，老一辈的有蓝翎、舒展，年轻一辈的有徐怀谦。不幸的是，三位身体都不好。更让人痛惜的是，怀谦因患忧郁症，难以解脱，走上绝路。自 20 世纪 80 年代始，京中杂文家常有聚餐，蓝翎因病，从未出席，但他并未忘却文友。显然是生前有嘱托，去世后，家人将讣告一一寄给包括笔者在内的同道。舒展去世，似乎像秋风吹走一片落叶，了无声息。其夫人与我熟悉，既无片纸，也无电话通知。我是接到邵燕祥兄的短信，才得知舒展已往生，燕祥并感叹"杂文界又弱一个"。是的，杂文界又弱一个，而且是少了一位满腹诗书、疾恶如仇、机敏幽默的好人。

　　20 世纪 80 年代初，我即听说舒展因严重高血压导致肾衰艰于出家门，但仍不断有杂文新作面世，而且依然尖锐泼辣，这让我感动、佩服。我给他寄去拙著《牛屋杂俎》，内附短柬，谓："环顾海内文坛，用生命赌杂文明天者唯吾兄一人耳！"他接到书后，回赠其大著《辣味集》，附短笺称"不敢当"，并说盼望有朝一日身体康复后，能与文友们畅叙。"皇天不负有心人"，"不信东风唤不回"。后来，他换了肾，很快就参加朋友们的聚会，方成、丁聪、牧惠、燕祥、我、四益、铁志等见他红光满面，谈笑风生，都为他高兴。后来，我为广东人民出版社主编《说三道四丛书》（后出版社改为《南腔北调丛书》）致电舒展，请他也编一本，他欣然允诺，很快就编好了。我按体例，为他的集子写了 400 字的序。写成后，寄给他征求意见，他来电说："多谢老弟抬爱。"

舒展长我 6 岁，是位老大哥，但从不摆谱。某年夏天，广州出版社编辑杨姗姗女士来京组稿，她想拜访方成先生，我告诉她方老的家址，要她见面后自报家门，就说是我介绍的。姗姗敲开方老家门后，刚好舒展在座，她说是我介绍的，舒展大喜，说："擒贼先擒王。你找王春瑜找对了！我们都听他的。"姗姗访毕告我，我不禁大笑。

舒展是文坛老将，又当过《人民日报》文艺部副主任、"大地"副刊主编多年，在文坛有很多朋友，熟悉文坛掌故。有次他来电说事，我告诉他次日去成都，他托我向流沙河、魏明伦问好。我与流沙河有交谊，去成都后，在大慈寺茶馆聊天半日，说古道今，更聊了很多明清之际遗闻佚事，甚感快慰。魏明伦以鬼才名世，我很佩服，但从未谋面，不便造次。

在我看来，舒展老哥与邵燕祥兄的交谊之深，恐怕一般文友是难以比肩的。舒展比燕祥大两岁，但都属于早熟的英才。燕祥小学时的文章，便已不同凡响。他读了不少张恨水的小说，对张公很景仰，一心想见他。那时，张恨水主编《新民报》，燕祥便往此报投稿，投了几篇都发表了，月底该报财务科通知他去领稿费，他去了，会计见是位小孩，便问：你是邵燕祥先生的什么人？他答："我就是邵燕祥。"会计吃了一惊。1947 年，舒展在武汉读高中一年级时，即已在《武汉时报》上发表了《关于反侮辱》的杂文。1995 年外文出版社出版了丁聪老人画《我画你写——文化人肖像集》，燕祥在舒展漫画像侧题诗曰："人间有味是微醺，何必微醺话始真？避席难逃文字狱，著书犹带辣椒魂。笑谈九与一之比，窃谓花和草不分。句句行行皆苦口，亦狂亦侠亦情深。"此诗何其有味也！末句更是点出舒展的神韵。难怪舒展盛赞燕祥"够朋友"。

一位忠厚长者

——忆刘北汜先生

5月12日，刘北汜先生在京病逝。我收到治丧委员会的
讣告时，追悼会已经开过。在北汜先生永别尘寰之际，我未
能去八宝山向他深深鞠躬、送行，深感抱愧；尤其他是年长
我20岁，是文坛史苑的老前辈，对于这样的长者，应当灵前
奠洒松柏酒，挽歌一曲慰英魂。

前几年，我在写怀念复旦大学的王造时、周予同、陈守
实等老师的一组文章时，文前先写下这两行字："岂敢谬托知
己？不过聊慰先贤。"对北汜先生更是如此。我很早就知道他
的名字。读大学时，我性喜杂览，常常翻阅解放前的文学期
刊，在《文艺春秋》等刊物上，就读过不少他的大作。但是，
我认识刘老，不过是八年前的事。当时，他在编一套"紫禁
城丛书"，约我写一本《明朝宦官》，后来我和杜婉言编审合
作完成，并在1989年出版。这样，我们便少不了打起交道
来。作为一名学者、文人，我自然常与报刊、出版社的编辑
往来，而且说真的，我认识的海内外的编辑，相当不少。但
是，像刘老这样年事已高，仍事必躬亲、一丝不苟的编辑，
我还没有见过第二位。即以《明朝宦官》而论，从约稿、审
稿、写征订单、审校样、通知我们去取样书、领我们去财务

部门取稿费，都是他亲自操办的。

在日常生活中，我们有时讥笑小孩子的看人标准，只知道好人、坏人，其实，做一个一辈子名副其实的好人，又谈何容易？我初见刘老时，他给我的第一印象，便是个大好人。自不必说他的和颜悦色，娓娓而谈，使人如沐春风。使我难以忘怀的是，他指着书桌上的一封来信说："这是你们的老复旦凤子的来信。她有一本散文集，还未找到出版社。倘自费出版，就要万把块，她哪里出得起？"说着，轻轻地摇了摇头，并问我："你有什么办法吗？"其实，连身在出版界的他，还没有想出什么好办法，我能有什么办法呢？再说，我对凤子老大姐虽敬重之不假，但素不相识，为出版她的书作"太史公牛马走"，我还真没有这样高的"阶级觉悟"。可是刘老却一再感叹："连凤子这样的名家，都出书难了！"他是这样的关心别人，对比之下，真令我惭愧。交谈中，他又说起我的一位文友。此公请他向一些学者约稿，写有关北京历史方面的小册子，计100本，以后每本拍一集电视剧云云。他真的约了一些作者，有的并已完稿，但出版、拍电视，却没了下文。刘老问我是否知道此事？我说，我不仅也在邀约写书之列，并也在约请代组稿之列，但既未见到出版社的相关文件，也未见到电视台的正式通知，我自然不会理这个茬。刘老听罢，只是露出一丝苦笑，便未再说什么，连半句抱怨的话也没有。我立刻感到，坐在我面前的，是位难得的忠厚长者。

此后，我们便很少见面，但不时有书信、电话往来。我在主编《古今掌故丛书》时，曾向他约稿，他因太忙，无暇动笔，我当然是完全能够理解的。他希望我为《紫禁城》杂志写稿，我亦因事忙，未能动笔。但有一次，他给我来信，很厚，拆开一看，是复印好的清宫掌故原始资料数页，信中说，知道你很忙，恐怕没工夫去翻史料，是否可以用这些现成的史料，写些清宫随笔，《紫禁城》将辟随笔栏目。看了刘老的信及所附资料，我感到不安。当晚就写了《明宫史杂俎》数则，寄给他。他收到此稿后，很快就打来电话，嘉许再三，并望我能继续写下去。我想，环顾海内，提供史料向学者约稿的编辑，除了刘老外，我不知道还有谁，实在是见所未见，也闻所未闻。虽然，作为一名史学家，岂能用别人找好的现成史料写文章？我并未用他寄来的一条史料，但他的敬业精神，助人为乐的长者风范，确实使我很受感动。

1994 年 12 月 30 日，刘老从医院给我来信，告我病况，向我贺年。并说，住院一年，"病已大部分缓解"，"还要继续留院治疗，看来，九五年夏以前也许差不多了"。我万万没有想到的是，1995 年夏天刚至，他却永远地走了。

刘老是位老记者、老作家、老编辑，又是文物学家，有十多种小说、散文、报告文学、史学等著作传世。他的作风、学风、文风，都足为世人风范。我见他不过三四次，却留下了终身难以忘却的印象。这就足以证明，刘北汜先生仍然活着——活在读者、文友们的心中。

1995 年 6 月 9 日于芳星园

风雨故人来

　　久闻台北多雨，这次终于身临其境。春末夏初，我应岛内"汉学研究中心"之邀，去台北参加"明人文集与明代研究学术研讨会"，为期十天。开幕式那天，会议主持人之一、政治大学文学院长张哲郎教授致辞说："非常欢迎大陆学者来参加会议。外面正下着大雨，真是'风雨故人来'。"

　　好个"风雨故人来"，哲郎教授的话，勾起我记忆深处多少在"风雨如晦"中与岛内史学界友人交往的旧事。即以哲郎教授而言，我认识他不算很早，但也快8年了。1992年盛夏，我们在从上海去余姚的火车上，曾经畅谈学术、体育、家庭等。他很健谈，我素来怀疑自己前世是哑巴，今世一定要补偿损失，故在"上下五百年，纵横三千里"的谈锋中，我们浑然不觉车厢外骄阳似火，热风正炽。今天，海峡两岸学者的交流，已属司空见惯。但是，能有今日，走过了多少"三百六十五里路"，穿过了多少风和雨！在开幕式休息时，我见到了久闻其名、却初次会面的清史学者赖惠敏女士。她的一席话，令我大吃一惊。她说："王先生，见到你真高兴。80年代初，我曾经在一个朋友家里，手抄过你的一篇论文。"这又使我想起15年前，也就是1985年底香港大学中文系举办，赵令扬教授主持的"明清史国际研讨会"。这是海

峡两岸的明清史学者头一次有机会坐在一起，进行学术交流。那时岛内的政治气氛，在"三不"主义主导下，还相当严酷。犹忆原台大历史系主任、今台湾暨南大学代校长、明史专家徐泓教授，在会议休息时，悄悄塞给我几份他的论文油印本，小声说："王先生，请不要声张。你的论文，我还是在美国留学时看到的。"政治大学的明史专家张治安教授，更在赠我几本论文后，无可奈何地说："对不起，不能送你名片。饭碗重要啊！"但是，也有两位著名的岛内史学家，公开给我名片，一位是"中研院近世所"的资深研究员、中国近代史专家张存武先生，一位是台大政治系的明清政治史专家缪全吉教授。存武兄原籍山东临朐，抗战后期，乃翩翩少年，毅然投笔从戎，为消灭日寇、保卫祖国而效命沙场。从此我们成为好友。他比我年长 8 岁，颇有长兄风范，在学术、生活上，对我都很关心。1989 年秋，他接到我的信后，疑团冰释，携夫人来京旅游。我陪他登上长城的烽火台，塞外的凉风阵阵袭来，眼前大好河山，莽莽苍苍，如诗如画。遥想当年的胡马嘶鸣，日寇嚎叫，炎黄子孙为保卫疆土而斩头沥血、慷慨赴死、前赴后继的历史，同忝史家之列，我与存武兄激起多少感慨，多少悲怆！而原籍杭州的缪全吉教授，更当众邀请我吃饭。此后他多次来大陆开会、访问，为促进海峡两岸的学术交流、祖国的统一大业，不遗余力。他来京必邀我聚谈，即使在外地，也必打来电话畅叙。1993 年夏，他率妻女来京，约我在宾馆小叙，说回台后，即申请邀我去学术访问。不料这次相见，竟成永诀。他返台后，因身体不适，住院诊治，竟发现已是肺癌晚期，不久去世。这次在台北，我无暇去缪兄的墓园凭吊，深以为憾。愿故人英魂常在，在地母的怀抱里平静地长眠。他永远活在包括我在内的明清史学人、朋友们的心中。

"风雨故人来"，又岂仅指学侣友情而已。在台北"故宫博物院"，我见到了梦里依稀的国宝宋代马麟《伏羲坐像图》、范宽《谿山行旅图》、马远《山径春行》册、米芾《识语》（紫金研帖）册、词人黄庭坚《苦笋赋》册，以及五代胡怀《出猎图》册等价值连城的珍贵文物。过去，我早已从史籍、画刊上，知道了这些稀世珍品，但想目睹真迹，只能于梦里求之；遥想波涛滚滚、风波迭起的台湾海峡，不禁临风浩叹。尽人皆知，内战使这些珍宝渡海来台。所幸这里的炎黄子孙，像爱护自己的眼珠一样爱护我们共同的先辈留下来的无价之宝；用现代最科学的手段予以保护、展览，使之与山河同在，日月同辉。经历了世纪的风雨，我在这里以平常心态，面对这些国宝，仔细鉴赏，徘徊不忍离去，如见故人之感，怎能不油然而生！

有喜必有忧，世事多如此。在去机场的大巴上，我谈起心中的常戚戚：自李登辉上台以来，中华传统文化不断被削弱。80年代后期、90年代初期，岛内的不少报纸，都有文史版，我在这些版面上写过多篇弘扬中华民族历史文化的文章。我相信传统文化是我们民族的重要命脉，中国统一的根系。但曾几何时，这些文史版被统统砍掉，一些人正力图斩断台湾与祖国大陆历史文化的血脉，这怎不令人忧虑！"汉学研究中心"的编辑、组织这次学术会议出力最多者张珣博士，很赞同我的看法。她说："我们这些研究中国历史的学人，的确需要有忧患意识。我们要进一步加强海峡两岸学术、文化的交流，增进往来，使源远流长的中华民族文化，永远在台

湾根深叶茂。"非常值得庆幸的是，岛内年轻一代的历史学者正在崛起。会议期间，我与文化大学的明史专家吴智和教授所带的多名研究生以及"中研院中山人文研究所"的明清经济史专家刘石吉教授主持的博士班研究生，都曾经愉快地交流。我相信，他们这一辈肯定能继续肩负起中华文化薪火相传的重任，即使雨斜风狂，火种也不会熄灭，那些妄图切断中华文化历史命脉者，恐怕只能是"抽刀断水水更流"！

台北虽多雨，毕竟有晴天。5月4日，阳光明媚，我们参观了岛内最大的私人博物馆——鸿禧博物馆。馆中珍藏的数十架唐、宋以来的古琴，美不胜收。感谢该馆的厚爱，特邀台北"瀛洲琴社"的古琴家陈庆灿先生、李笋女士，在展厅中精心布置的江南庭院式琴室中，用几百年前的明朝琴，分别为我们演奏了《平沙落雁》《高山》《欸乃》《梅花三弄》等古曲。我在少年时，即很迷恋这些古曲，并不时用笛吹奏《梅花三弄》，用箫吹奏《高山》(又名《高山流水》)，在课间休息时，在夏夜星空下，在冬日烛影摇红际。听陈、李二位古琴家高超的演奏，尘念尽扫，心灵净化，真个是"余音绕梁，三日不绝"。我们中国人，历来赞美梅花高洁的情操，不畏风寒的傲骨；崇尚纯真的友情，似高山流水，流淌不息。我相信，不管什么样的风雨，都阻挡不了这些琴曲所讴歌的民族精神，因为世世代代，她一直是我们中华民族子孙心中的歌。

2000年5月末于老牛堂

凄凉一面缘

我这大半辈子，走南闯北，在文史界觅食，见过不少名人。我记忆力不错，脑海中保存着他们鲜活的音容，将来我写回忆录，会逐一写下他们的轶事。但是，由于偶然的原因，在特定的场合，我与数位名人只有一面之缘，却留下了刻骨铭心，终身难忘的印象。

我在童年时，便知道著名出版家李小峰的大名。因为家中有长兄王荫在苏州读书时的几本文学读物，是北新书局出版的，版权页上都有发行人李小峰的名字。上了复旦大学后，读了不少北新书局的书，包括我最崇敬的鲁迅先生的早期著作。后来得知我很喜欢的中文系老师赵景深教授是李小峰的妹夫，又不免增加了一点亲近感。1967年1月，正是"文化大革命"狂风乱卷之时，我因事去上海文艺出版社找一位老同学，登上楼梯，便听到从会议室里传出一阵阵"打倒吸血鬼李小峰"的口号声。我在会议室门口看到，已经年迈又很瘦弱的李小峰，低头弯腰，接受"革命群众"的批斗，状甚狼狈。不时有人大声喝道："你要老实交代是怎样剥削鲁迅的！"李老目瞪口呆，嗫嚅着，不知所云，于是又激起新一拨"打倒"声。当时我虽然还年轻，也受到极"左"思潮的毒害。但我几乎读过鲁迅的全部著作，说李小峰剥削鲁迅，纯属无稽之谈，便摇着头走开了。34年过去矣，李小峰也已谢世多年，但批斗李老的那一幕，却常常从我的记忆深处涌出，在眼前浮动，真是不堪回首。

聂绀弩是我很景仰的文学前辈。他的杂文，在鲁迅之后，无人能望其项背；他的旧体诗创作，对古典文学的研究，也取得了非凡的成就。1982年5月10日傍晚，我约同事许敏女士去劲松住宅区拜访聂绀弩。这是因为，这年春天，我去扬州、大丰、兴化、盐城等地，调查施耐庵史料，后来写了《施耐庵故乡考察散记》，在《光明日报》发表，引起热烈争论。我知道，聂绀弩早在解放初就奉文化部之命与侯外庐、徐放等几位学者、作家，去苏北调查施耐庵史料，我想当面请教他一些问题。叩开门，说明来意，聂绀弩和夫人张颖热情地接待我们。聂老给我的第一印象，简直是活脱脱的当代屈原：黑瘦，憔悴。他耳背，我需用大嗓门才能与他交谈。他艰于行走，衰弱到坐也困难，只能侧卧在床上，抽着烟，与我交谈。但是，他记忆力很好，思路清晰，说话直来直去，锋芒毕露。说到苏北的施耐庵文物、史料，他说："全部是假的！施耐庵子虚乌有，连影子都没有。"说起盐城的一位老学者，他说："那是三家村的学究，根本不懂什么，他提供的施耐庵的曲子，是今人的伪造。"我说起京中一位著名研究古典文学专家关于《水浒传》的观点，他冲口而出："此人专门胡说八道！"他的这些看法，我不敢苟同，当然也无须与他争辩，于是聊别的。说起我在"文化大革命"中被戴上现行反革命分子帽子，监督劳动了7年，他叹了一口气，说："唉，你还不如我呢。我坐牢也好,在北大荒劳改也好,都是和倒霉的家伙在一起,大家平起平坐。你在群众眼皮底下,日子不好过了。"又说起让他烧饭,他何尝烧过饭?结果呢,他苦笑着说:"我烧出了火灾,把房子都烧了!只好去坐牢。"他指着夫人说:"平反以后,我们都落实了政策,都是全国政协委员。"说着,眼神里流露出几分欣慰,几分自豪。临别时,他分别送我和许敏一本刚在香港出版的旧体诗集《三草》,郑重地签名留念。没想到,头一次见聂老,竟成永诀。坦诚、正直、善良,目光炯炯有神,似乎是永不熄灭的火炬,这就是聂老留给我的深刻印象。

人生在世,总有弱点。我深知自己性格中的一大缺憾,便是清高,这就导致我常常会与一些名人失之交臂。最遗憾的是,书法家康殷(大康)与我同住方庄,他喜欢我的杂文、随笔,我托朋友送他一本,他读后很高兴,很快托人送来他签名赠我的《文字源流浅说》。以后我又送过他一本杂文集,他托朋友捎话给我,说有本书要送我,希望见面详谈。但是,阴差阳错,主要是我疏懒,在康殷生前,我竟未能与他见上一面。直到友人告知我他的噩耗,并说临终前三天,他还向朋友问起我,我追悔莫及。追悼会那天,我扶病赶往八宝山,带了照相机、摄像机,将他的遗容永远留存。我直到康殷入殓,目送灵车驶向火化场,从视野中消失,才拖着沉重的脚步,离开八宝山。与朋友的一面之缘,竟在朋友的身后,每念及此,都令我黯然神伤,惆怅不已。

2001 年 9 月 8 日

凄凉一面缘

哀　小　陈

　　小陈，陈柯云也，我的同事，副研究员。去年夏天，她病逝于北京同仁医院，年仅四十九岁。

　　"忍看朋辈成新鬼"，何况是我的后辈，这使我深感悲哀。小陈没有读过大学，后调入我们的研究所搞资料。凭着她的刻苦，不仅学会日语，更努力钻研史学。她的好学感动了我，我悉心指导她写作史学论文。她的关于清初海禁与海上贸易的论文，便是由我具体指导、详加修改、亲自推荐发表的。应当说，是我把她带入史学的大门。十几年来，她发表过十几篇学术论文，并有翻译作品问世。对于一个自学者来说，能取得这些成绩，难能可贵。她正当壮年，若天假以年，她会取得更多的成就。

　　小陈是怎么死的？在她去世以后，我才渐渐弄明白：大约十年前，也不知受谁影响，她迷上某一种气功，从此爱不释手，难以自拔。生病了，她再也不去医务室，更遑论医院，认为气功能治百病，练一会儿功就什么病都好了。她本来矮矮胖胖，很结实，我曾戏称她是"秤砣小姐"，可近几年，不对了，越来越瘦，脸色蜡黄。在她去世前的个把月里，连自行车都骑不动了，她却说自己没病，气功已达到最高境界；天门已开，看到了天外天，金光万丈，瑞气千条。其实，她已走火入邪魔。有一天，终于不支，送进医院，医生检查后说，她的内脏器官已全面衰竭，仅仅两天，即长辞人间。精、气、神，人之三宝也，小陈却自己将之无端耗尽了。

真正的气功，无疑是有益于健康的。但把它奉若神明，拒绝科学的医术，则危害大矣。小陈之死，即为一例。我们应当用科学世界观武装自己的头脑，即使是从事科学研究的高级知识分子也不能例外。小陈不也是一位高级知识分子吗？愿小陈的悲剧不再重演。

1997 年秋

哀
小
陈

四、乡情

故土之恋 ①

18 年前，我的远在澳洲的儿子宇轮，看了我写的《塔树之恋》《卖糖时节忆吹箫》等怀念故土的散文，来信说："你还未老，怎么老早就有那样强烈的怀旧情绪？"这也难怪，在城市里出生、长大的人，很难理解像我这样在乡间泥水里泡大的放牛娃对土地的深深的眷恋。"野人怀土"，离开对土地的依恋，哪里还有故土之恋？是的，故土上还有先父母的坟墓，以及诸多亲友。但是，离开土地这最伟大的母亲，既不会有他们，当然也更不会有我。

作为史学家，三句不离本行：一部中国古代史，在很大程度上，就是中国土地关系史，或者说争夺土地的历史。我从三岁记事起，就感受到家中"上无片瓦，下无寸土"的痛苦：年年佃别人家的土地种，因而年年就得租别人家的房子住。母亲大嫂，年年要和大量的泥巴糊租来的茅屋墙，那是一件非常累的活，至今我还能回想起她俩糊墙时沉重的叹息。五岁时，我跟着母亲下地割麦，我不听她的劝告，拿起她的镰刀就割，但毕竟人小力弱，第一刀下去，麦子没割到，倒把左脚砍了一个大口子，鲜血直淌，母亲急忙往伤口上撒了一把土，血也就止住了。至今，伤疤犹在。这也是故土打在

① 发表于《中老年时报》2016 年 3 月 15 日"岁月"。

我身上最早的烙印，让我永远记住了农夫的艰辛。1946年夏天，在翻天覆地的土地改革运动中，我家分到了地主的三间房、十六亩稻麦两季的好地。从此，我家彻底告别了年年搬家的日子，也告别了贫困。这年的春节，在大年三十晚上，母亲看着满桌丰盛的年夜饭，含着泪花，动情地说："我们家什么时候过过这样的好年？这要感谢共产党的土改啊！"从那个时候起，我进一步懂得了，土地是我家——也是亿万农民的安身立命之所。

在寂寞的书斋，我常常仰望窗外蔚蓝的晴空，思绪随冉冉白云飞向故乡，回到那洒下我多少汗水，带给我多少欢乐的十六亩地上。靠近打谷场的那二亩地，因地势低洼，他们叫它"小洼塘"，土质特别肥沃，亩产稻子四百斤（这在半个世纪前，已是高产量了）。割稻时，往往能在水中捉到黄鳝、螃蟹、鲫鱼之类，今日思之不禁食指频动。紧挨二亩地的，是三亩地、四亩地……田埂上，每当"春风又绿江南岸"，蚕豆花的清香沁人心脾；夏天时，碧绿的毛豆，颗颗饱满；而清晨，带着露珠的青草，更是翠绿欲滴，我不到半小时，就能割满一筐，老水牛吃得头都不肯抬；秋天，割完稻子，就得赶紧将稻把挑上谷场。13岁那年，我年少气盛，特逞能，一鼓作气，挑起了将近150斤的稻把！可是，坏了——突然觉得全身力气在猛然下沉，两粒睾丸竟随阴囊一下子垂下几寸长，着实吓我一跳，赶忙回家，告诉母亲，母亲看了一眼，说："不要慌，没事的！"说着就很快煮了一碗不切碎的长粉丝，让我慢慢吸下去，一碗粉丝还没吸完，两只宝贝就安然无恙地"官复原位"而且从此再也没"下放"过。走笔至此，我深为少年时的莽撞哑然失笑。秋深时节，北雁南飞，薄暮时分，我赤着脚，拎着木桶，跟在父亲身后，为老水牛拉的犁铧不时注水，不远处传来邻人孙五爹苍凉、悠远的赶牛歌声，在晚风中飘散，飘向邻村，飘向天涯。

说实话，恋故土，最恋是春天。春末夏初，经常下起毛毛细雨，我放学后，最喜欢骑在牛背上，到一大片尚未开垦的荒地上去放牧。北庄，也叫西北厢的一位孙姓少女，也最喜欢骑在牛背上，到这里让牛吃草。她家比较富裕，她放牛时，居然手拿短笛，呜呜地吹着，这在方圆十里内，堪称独一无二。她比我大两岁，性格爽朗，很喜欢我，聊天时，经常放声大笑。转眼间，我已是八旬老翁了。不知这位孙姐现在生活得怎样？

呵，曾记否？两小无猜放牧时……

"但存方寸地，留与子孙耕。"愿故土安然无恙，我的心永远与之同在。

高作情思 ①

　　十多年前，我出版过一本散文集《漂泊古今天地间》。作为历史学者，我闭目沉思，神游八极，几千年来的世事沧桑，人物沉浮，在我的脑海里闪过。作为一名作家，我国内国外，萍踪万里，屐痕处处；闲来时，禁不住想天涯，思海角，但想得最多的，还是故土高作镇，特别是童年时住过的陆陈庄、蒋王庄、吕老舍南的三家村、大西庄、大卜舍。我常常在梦里回到这些村庄，上学读书，钓长鱼，摸河蚌，采菱角，在晚霞中捉红蜻蜓，看着河岸上盛开的合欢花，坐在水车上赶着老水牛不紧不慢地拉车，把河水戽到田里，灌溉绿油油的秧苗。

　　高作人祖祖辈辈生活在这一大片古老的土地上。从真实的历史文献记载来看，万历年间的《盐城县志》是现存最早记载盐城地区历史的文献。《县志》上有"高作庵"（近代改称"广福禅院"）的记载。明末清初的思想家、学者顾炎武编撰的《天下郡国利病书》中有"高作河"的记载，指的是今高作镇东西流向的一条河。我的外祖母张老太是河西公兴庄南昌家大墩人，生于清同治九年，19岁时嫁给了与她同岁的高作庄后庄的木匠曹嘉坤。外祖母卒于一九五一年腊月十三，

---

　　①　发表于《今晚报》2015 年 7 月 21 日。

这天正是她 81 岁大寿，全家欢聚一堂，给她拜寿，老人家含笑而逝。

老外婆曾说，她刚嫁来时，高作还未成镇，只有一户人家养马，有一座节孝牌坊（毁于"文化大革命"）。可见，现有高作镇的老街的历史，也就一百多年。我三岁就记事了，犹记四岁时，母亲牵着我的手去外婆家，先到高作庵拜佛像。我看到金刚、罗汉，威严、凶猛，很害怕。母亲安慰我说，佛爷、菩萨都是保佑我们的。她又到街上买些茶食送给外婆。这时的镇上已很像样，街心条石铺路，店铺林立。卖布的店门面较大，柜台上立着竖匾"石鸿大"，据说是安徽迁来的。事实上，在整个江苏，过去有"无徽不成镇"之说，布店、茶叶店都是徽州人开的。除了"石鸿大"之外，高作后街的中药店"全义堂"，黑匾金字，不仅卖药，还制药。店主姓吕，全家人都很和善。他家是楼房，很宽敞。刘少奇、黄克诚、皮定均等领导人都曾住过楼上。去年我回故里，才得知"全义堂"已被拆除，叹息久之。

从 1942 年到 1949 年，我在高作乡下读完初小、高小，后考入海南中学初中部。1943 年，我在蒋王小学参加了抗日儿童团。团长是姚志石（已故），他比我大几岁，身材高大。其父姚文奎，人称姚三爷，急公好义，当上峰北乡民兵队长，不仅维持地方治安，还积极参加宣传演出"撑湖船"。1946年，他已四十多岁，抛家别子，带头参军，不久任营指导员。1944 年，在高作镇北的大村庄西北厢召开的高作区儿童团代表大会上，我当选为区儿童团文娱委员。从抗日战争到解放战争，儿童团站岗放哨，盘查路单，募捐废铁（给新四军兵工厂造枪炮、手榴弹用），动员参军，参加演出。我和二兄春才，妹妹玲英，不论是酷暑还是寒冬，走过一个又一个村庄，打花鼓，演小戏，尽心尽力。

我清楚地记得，在吕老舍西南的一个村庄，地近阿拉河，很僻静，新四军三师的枪械所，便设在这里。20世纪50年代初，被称为中国保尔·柯察金的吴运铎，著有《把一切献给党》红遍全国。吴老因装手榴弹不当，不慎爆炸，当场被炸得面目全非，被人急用担架抬到蒋王庄设在王恒德大爷家中的三师诊疗所救治。我亲眼看到他全身都是黑糊糊的，已不能说话。经治疗，并休养多日，他才康复，随即又重返战斗岗位。

高作区小队长田中邦，与我家很熟。他身材高大，常扛着一挺轻机枪，走在区小队前面。他是神枪手，当时民谣有"死了王洪章①，又有田中邦"，可见其影响之大。

高作大地，是燃烧的大地，沸腾的大地，光荣的大地。

---

① 神枪手，后受伤被日寇所俘，囚于湖垛镇，最后惨遭杀害。游击队突袭日寇据点，抢回其遗体，公祭后安葬。

又是晚饭花开时 [1]

寒舍地近北海公园。每当夕阳在山，一些人家做晚饭时，我到北海散步，途经北大妇幼医院，铁栅栏内无数盛开的红色草茉莉——俗名晚饭花，便映入眼帘，心生欢喜，勾起我对童年住在三家村的记忆。

我出身贫农家庭，家中上无片瓦，下无寸土，靠佃种他人土地生活。1945 年，我家佃了今建湖县高作镇西孙姓地主的五亩地，并租了孙五爷家的三间土屋，住了下来。邻居共三户人家，两户姓孙，是堂兄弟，一户姓吕，是地地道道的三家村。

这年我虚龄八岁，读陈吕小学三年级。放学后，做完作业，便在外玩耍。晚饭后也是这样。但玩伴太少，能玩到一起的是孙文柱大爷（民兵，已故）家的女儿。大女儿比我还大六岁，小名小宛子，大名风华，人们通常都叫小名。她性格爽朗，会讲一些民间故事，说些地方民谚。她的母亲孙大妈，是苏州乡下人，识字，能看、唱石印小唱本《韩湘子出家》《拔兰花》之类。小宛子那点文学才华，显然是其母薰陶的结果。她讲的童养媳受虐待的凄惨故事，至今我记忆犹新。"……不幸的是，童养媳的嫂待她也不好。回娘家后，离

① 《建湖日报》2015 年 11 月 10 日。

开时，哥嫂问她还自来否？她说：'爹娘在时常来走，爹娘不在，一去不回头！'"当时我听了，心中倍感凄凉。小宛子的妹妹小名小格子，大名凤章。她比我大两岁，性格开朗，皮肤白净，牙齿雪白，伶牙利齿，爱说笑话。我很喜欢她，她也喜欢我，我俩曾在屋门口里扮夫妻游戏。其实，小小年纪懂个啥？不过是胡闹罢了。我还记得当时对她说："小格子，做我新娘子同意吗？"她连声说，"同意！同意！"去年春天，我返乡扫墓，特地去拜访她，虽然她已是老妪，有了重孙，我跟她聊天时说起此事，她不禁哈哈大笑。在三家村，我上了陈吕小学，小格子与我同学，但她初小毕业就辍学务农。在三家村，我见证了抗战胜利，作为抗日儿童团区委宣传委员，我分外高兴。1946 年，我在这里，也见证了国民党挑起内战，每天晚上，国民党的飞机从高空飞过，运兵抢占东北。我们从地面上看到的似乎是一盏灯在天空移动。

1945 年底，我家搬到邻庄大西庄。我怀着恋恋不舍的心情，特别是对小格子的眷恋，告别三家村。岁月不居，光阴如白驹过隙，弹指间七十年过去了！我与孙家姐妹均老矣。年老常怀旧，难忘三家村。晚饭花在我的眼前晃动着，童年的情景不时再现。孙家老姐妹，作为儿时的玩伴，我深深祝福你们！

遥远的乡村

据寒家族谱记载，先祖撑石公是明初朱元璋因恼怒张士诚在苏州（今属大丰区白驹镇）称王，起兵灭了张士诚后，为消除他的政治影响，将苏州居民大量迁往淮北、苏北，家祖即被强行迁至今盐城市建湖县高作镇北长北滩（即《宋史》所载抗蒙民族英雄陆秀夫故里长建县长建里）。童年时，我与小伙伴一边在田界上割青草，一边玩"变螺螺"的游戏，即把螺螺藏在一摊青草中，口唱歌谣"变吧变吧螺螺，螺螺不吃回头草，带住江南往北跑"。如猜中螺螺在哪一堆青草中，这堆青草便归他所有。不时，我并不知道这个游戏的来历。及长，上了复旦大学历史系，读了《明史》和一些方志野史，才知道这首歌谣的来历，也终于明白我们家的老祖宗是苏州人。说来也巧，1937年春末，我正是在苏州出生的。家父恒祥公这时在苏州拉黄包车，此前，他赶过毛驴，抬过轿子。老人家一字不识，只能干体力活。这也说来话长。家祖凤高公，只有薄田四亩，娶吴氏，生子女六人，过着衣食不周的穷苦日子。1931年，家乡连日暴雨，导致农田被淹，颗粒无收，祖母病故，棺材难以安葬，只好绑在蒋王庄后田中两株老榆树上，一直等到大水退后，才葬到地里。

我的大伯父是磨豆腐的。他胆子很大，每天一大早，便挑一担豆腐到朦胧镇上去卖，困了，便倚在坟堆上打盹。四爷读过半年私塾，粗通文墨，会记豆腐账，写简单的家信。可惜他俩都是短寿。

我的二伯父恒万公，带头到苏州打工，拉黄包车。他没有住处，便在城墙下搭个芦席卷，也就是窝棚。家父刚到苏州时，也是在城墙边，搭个窝棚，把家母接去，还养了个小黑狗。小狗很聪明，每晚家父收工回家，它会跑出来迎接，摇头摆尾，十分亲切，后来，它被贼人偷去了，是卖是杀，不得而知。父亲大哭一场。

过了很久，父亲发现尚义桥街道附近，有一块空地，邻近苏州河。空地北面，是堆放装有早逝婴儿遗体小棺材的墓园。夏天，风一吹，尸体腐烂的臭气便阵阵吹来，令人作呕。父亲就在邻近墓园的空地上，盖了三间瓦房，虽说屋顶上是瓦盖的，但是泥墙，也比较矮，泥地。吃苏州河水，而河水很脏，常有死猫、死狗、死猪出现。虽然父亲把河水弄到水缸里，用明矾消毒，但事实上根本无济于事，我的一位叫王宝子的姐姐、叫春虎的哥哥，都死于痢疾。说起来，我家住苏州城内，但卫生条件很差，仍与普通农村无异。

我出生三个月时，日本鬼子就打进苏州。父母便抱起我和邻居一起往乡下逃难。邻人都是没文化的老百姓，说不能抱小孩逃难，小孩一哭，日本飞机听到了，马上就往下扔炸弹，我们还有命吗？父母只好把我放在脚盆里，上面又扣一个大桶，锁上门。几个小时后，父母逃难归来，见我睡觉已醒，朝二老笑，母亲连忙把我抱起来，亲了又亲。我素来胆大，原来是当在襁褓中便已经受过生死考验。

我家是贫农，上无片瓦，下无寸土。我记得儿时先住在陆陈庄上。但庄上人姓很杂，有姓了陈的，却并无姓陆的。其实，这村庄很古老，起码明朝就有了。明朝有不少六陈庄，指庄上卖六种粮食：大米、大麦、小麦、大豆、小豆、芝麻。随着历史变迁，这座庄上不卖粮食了，名字也改了。当时我太小，对这个村庄并没有留下什么记忆。

我儿时聪明伶俐，庄上人都喜欢我，驻庄上的新四军战士也不例外。我家贫，常常一天三顿喝糙子粥（大麦片粥）。新四军炊事员常用小碗盛一碗米饭或一碗麦面条给我吃，真是鱼水情深。转眼到了一九四二年，新四军建立的抗日民主政权，在蒋王庄创办了一所小学，就叫蒋王小学，由我大哥王荫担任校长，教材是盐阜新华书店发行的。我至今还记得，第一课是"一、二、一，一、二、一，兵来了。兵来了，新四军来了，热烈欢迎。"我大哥担任文教区员后，一个姓薛的知识青年，来给我们上课。此人品质恶劣，新学期开始，他收了我们全班的课本费后，即去上海，一去不归。当时学生家长都很穷，无人不骂他！

蒋王小学很快成立了抗日儿童团，我们全体学生都是团员。团长是姚志石，其父姚文灿，是乡民兵连长。我八岁那年，"六一"儿童节时，全区儿童文艺会演，地点在西北厢这个大村庄上，搭了简易的舞台。我发表了演讲，受到热烈欢迎。演讲词都是我大哥教的。一直到八十年代，老家的一位老大爷，还跟家父说起我那次演讲，夸我是神童，这当然是过奖了，我担当不起。儿童团活动很多，排练节目慰劳新四军战士，我和家兄春才打蓬湘，唱小调。妹妹玲英后来也参加演出，和另一位女孩演打花鼓，很受群众欢迎。我母亲看了也很高兴。我们还到各村庄搜集废铜烂铁，交给新四军造枪炮。

我三岁记事。这时我家租借蒋王庄韦大奶奶的两间草房。这年发生一件大事——我大哥王荫结婚，办喜事。大哥圆脸，皮肤白净，身体中等，会画彩色神像、仙女，特别是判官（当时农村很多人家都挂黑色判官像，驱邪增福），他又能唱淮戏，男扮女装，扮像俊美，演唱时甚受欢迎，是五乡八村一些女孩暗恋的对象。他与庄上一位美女蒋三姐恋爱。三姐长相秀丽，牙齿雪白，身材轻盈。虽未上过学，但在冬学①里读过书，识字。二人真诚相恋。但在包办婚姻制度下，经我家一位姨姥姥做媒，大哥与西北厢一家开豆腐店的女儿黄立英订了婚。她面黄肌瘦，长相难看。我父亲从苏州赶回来，办婚礼，大哥反抗婚礼，坚决不从。并用铁锥捅破大腿，血流如注。父亲大怒，解开腰间皮带，猛抽他，母亲赶紧过来把父亲拉开，并用棉花球给大哥止血。大哥被迫接受了这桩婚姻，生了二男二女（其中一个女孩聪明伶俐，我父亲爱不释手，可惜五岁时夭折，我们全家人都掉泪了）。大哥活到九十二岁病故，大嫂比他多活三年离世。民间有谓丑女是福，我看是千真万确。

我家在蒋王庄住了好几年。1942年，我虚岁六岁，春天的一天，早晨醒来后，妈妈告诉我，庄上住部队了，是新四军。我下地后，看到他们正在打台场上操练，嘴里喊着"一、二、一"，步伐非常整齐。有位家住塘河东秉文区（以抗日烈士方秉文——曾任区委书记——命名）的战士孟良京，二十出头，个子不高，很精干。他特别喜欢我，晚上睡觉时，他

---

① 冬学是乡政府所办。

提出带我一起睡。母亲不同意，说你们睡门板，被很薄，别
冻着他！他夜里还要小便怎么办？他说：大妈，你放心好
了！我搂着他睡，冻不着，我把尿壶提走，夜里把他一次尿。
母亲只好同意。入夜，孟大哥果然在大门板上，紧紧地搂着
我，不久我就沉沉入睡了。岁月匆匆，七十多年过去了！今
日想起，我仍强烈感受到孟大哥的温暖。他是新四军第三师
所属一个连队。过了几天，这次连队开拔了，孟大哥来我家
告别，从上衣口袋里掏出半支红铅笔送给我，依依不舍地走
了，从此竟成了永别。20世纪80年代，我写盐阜抗日根据地
往事，立即想起孟良京，便写了一篇散文《孟大哥，您在哪
里？》发表在《光明日报》及故乡《盐阜大众》《建湖日报》
上，我本以为倘若孟良京转业或退休在家，看到报纸，会跟
我联系，但渺无音信。我又担心他在战斗中牺牲了，但查了
建湖县历年牺牲干部、战士名录，没有他。他的下落成了谜，
实在遗憾。

　　我家在蒋王庄住了很多年。先后租过韦大奶奶、姚三妈、
蒋国昌、王恒良、王恒玉、孙老爹家的房子，都是土墙茅草
屋。每次搬进去住之前，都要把土放到木盆里，倒上水，用
脚翻来覆去踩，变成稀泥，我和二哥春才，就是干这活的苦
力。然后母亲和大嫂再把烂泥糊到墙上。母亲常常长叹一声
说，真不知道糊到哪年哪月？！我家在蒋王庄住了几年，又
搬到吕老舍南一个三家村的孤舍上，房主是孙五聋子。邻人
孙文住大爷、孙文来二爷，都是民兵，持有步枪。另一家姓
吕，吕大爷待人热情，吕大妈是阜宁人，他们家二男一女，
女的叫小花，我叫她小花姐，一头乌鬓，浓眉大眼，双眼皮，
是名闻乡里的大美女，真是"百步之内，必有芳草"。但她的

婚姻很不幸，后以踩缝纫机制衣为生，仅得中寿。令人叹息。

孙文住大爷家两个女儿，老大孙凤华，小名大格子，老二孙凤章，小名小格子。小格子是我童年时最要好的小伙伴。她读到小学四年级就辍学务农，结婚很早，现在都有重孙子了。当年，她家门前种有一盆晚饭花（即草茉莉），盛夏、秋天的傍晚，伴着夕阳盛开，灿若明霞，给人心中带来无限温馨。八十年代，我曾在京中《生活时报》上发表《犹记晚饭花开时》，记述童年时与小格子的友谊，并用特快寄了一份报纸给她，留作纪念。她家早发家了，给孙女大摆宴席，请来歌手唱歌，演员演戏。刚好我在故乡建湖办事，她得知后，邀我作特约嘉宾，并给全体赴宴者作了隆重介绍，赢得全场热烈掌声。孙大妈是苏州人，识字，看些小唱本。其中《韩湘子出家》我曾借来看过。文内有个丑角高唱："放屁咕咕咕，臭屁打到清江浦。四千人马为看戏，一屁打死三千五！"好不吓杀人也！我看了哈哈大笑。上世纪初，我在写了《"万岁"考》《语录考》之后，又写了《吹牛考》（此文刊于《文汇报》)，文中引了前述小丑的吹牛，一些文友给我来电说，小丑的牛皮让他笑掉大牙。

我们家在蒋王庄住了好几年。庄子东南，有个巨大的水塘。据《三槐堂王氏家谱》记载，这里本是一大片盐碱地的荒滩，康熙年间，蒋、王等姓人家来这里垦荒，河水污浊，不能饮用，便挖了这个水塘，严禁在这里洗马桶、粪桶，可以钓鱼。1943 年夏天，驻庄的新四军战士在邓营长（江西苗族人）率领下，支起水车，排干净塘水，捞了不少小鱼虾，及一些黑鱼、鲤鱼，他们还给庄上居民分了不少。

新四军战士把庄上男女老少都组织起来跳秧歌舞，边跳边唱："5656161（少拉少拉斗拉斗）不斗斗哪个？！"七十多岁的接生婆姚老太太都上场跳了，但我的母亲，当时正是中年，却始终不好意思上场跳。庄上的美女蒋三姐、王六姐、斯兰姐，民兵连长姚三爷及其子儿童团长姚志石都跳得很好。

不久，我们又搬到大西庄远方堂兄王斯和家居住。斯和兄及其夫人，都待人热情厚道，他俩育有一女，叫梅英，才三岁，很伶俐，我常常抱她玩。其实，他家也不宽大，纯粹因为他与家兄王荫相处甚好，还参加家兄任团长的"峰北乡农村业余剧团"演出，有很深的友谊。我与春才兄共睡一小床，就放在斯和兄嫂的床旁边。斯和兄个子高大，是中共党员，民兵队长。1948年，他被党组织派到无锡市米厂发动工人闹罢工，染上肺病亡故。厂工会买了很大的棺材，入殓后，在家嫂的陪伴下，运到大西庄后农田里建坟安葬。前几年，他的外甥担任南京军区驻无锡市部队医疗所所长时，特地为斯和兄重建坟墓，隆重安葬。我还给斯和兄写了碑文，立了碑。每年清明，斯和兄后裔及大西庄邻人，都到斯和兄坟上隆重祭扫。我也得便参与过，祝悼他的英灵安息。附带提一笔，我还读过斯和兄借给我的《江湖奇侠传》，令我大开眼界，此前，我尽读《薛刚反唐》《薛仁贵征东》《薛丁山征西》之类的通俗小说，而《江湖奇侠传》明显提高了一个层次。

大西庄西有孙大爷、孙二爷老弟兄俩，孙大爷作风不端，好色，这里不值一提。孙二爷为人忠厚老实，热心助人。我与春才兄、玲英妹都曾出麻疹，发烧，不思饮食，我母亲从早到黑，不断喂我们热水，辛苦至极。她请了孙二爷、斯和兄用门板把我们抬到高作街北面乡下一位中医处诊治，吃了他的中药后，我们三人很快麻疹全退了。

　　蒋王庄是个有几十户人家的大庄子，有几位庄民不同凡响，值得纪述。

　　一位叫王三爷，是我本家。他有文化，是私塾先生。他显然是受《水浒》和民间小唱本影响太深，居然想当皇帝，20世纪30年代初，他率领蒋王庄的一些愚民，跑到建阳镇纪念民族英雄陆秀夫（该镇也是他的故里）的"陆公祠"大殿上，宣布自己是皇帝，现在登基，并煞有其事地下了几道所谓圣旨，下面跪着的愚民，高呼万岁万万岁。这幕丑剧惊动四方，盐城守备队派了一个连的人马前来查看情况，王三爷等人立即作鸟兽散。我有个堂叔叫王恒玉二爷，也参加了这场闹剧，后逃往上海，在闸北共和路大桥边开了一家老虎灶，卖开水。他是彪形大汉，王三爷还封他个武将。他识字不多。有次我跟他聊天，他说："我哪儿不懂呀？！没被盐城守备队打死，够幸运的了！"1968年"清理阶级队伍"时，建湖县好事之徒，又重提此事，并把揭发恒玉二爷也参与的材料寄到上海有关部门，组织找王恒玉谈话，此时王三爷已死很多年，自然是不了了之。

　　蒋王庄西头住着富裕中农蒋国昌，其子蒋宝善，小名大善子。他家吃的大米粥里有花生粒，宝善常端着饭碗，从庄西头走到庄东头，吃给大家看，臭显摆。须知，那时一般贫民（自然包括笔者家）过春节时，也买不起炒花生，只能吃自家种的葵花子。我辈小孩有时偷偷拿压岁钱，向小贩买炒花生，买几颗——当地叫买几仓解馋。当代儿童看来，真是不可思议。老蒋有个外甥大名鼎鼎，即著名作家陈登科（1919—1998），他是涟水人，原本不识字，后担任《盐阜大众报》工农通讯员，在该报编辑钱毅（1925—1947，其父是著名老作家、学者阿英——即钱杏邨）的帮助下，他学习识字、写作，不久出版了第一本小册子《杜大娘》，故事生动，人物鲜明，风行盐阜区。当时笔者还是小学生，看了这本书，很受教育。以后他又相继出版了《活人塘》《黑姑娘》《雄鹰》《淮河边上的女儿》《移山记》，成果可谓丰硕。新中国成立后，他担任了安徽省文联主席、作协主席，堪称实至名归。他出大名后，没有忘本，曾专程到蒋王庄探亲，又走访盐城、大丰等地旧友，受到热烈欢迎，他不摆架子，保持了工农干部本色。1958年后，他受到批判，说《淮河边上的女儿》散布"人性论"，云云。在我看来，这完全是屁话。人若无人性，岂不跟动物一样，只有兽性。

蒋王庄上还住着一位神奇的蒋大妈。她是接生婆，并不识字，却能编顺口溜，琅琅上口，通俗生动。她还参加庄上的秧歌队，腰扭得很活泼，脸上富有表情，庄上人看了哈哈大笑。她丈夫早逝，家有二男一女，老大蒋宝和，老二蒋宝玉，女儿叫蒋宝英。宝英患有"雅雅疯"（一种精神疾病），发病时脸部向上角抽搐，嘴巴歪了，不能吃饭。大妈哄着喂她稀粥，很艰难，后来新四军军医治好了她的病，嫁了人。

蒋王庄还住了一位忠肝义胆的侠义之士姚文奎。他在苏州打工，有年春节前，他坐民工们租来的船回家过年，路上有位民工说他的金戒指被人偷了！姚文奎大怒，说偷的人赶紧交出来，半晌毫无动静，姚文奎拿起刀，说，我没偷！并切下一只手指为誓，并大声警告：偷戒指的人，赶紧把戒指交出来，不予追究。否则被我翻出来，肯定剁掉你一只手！偷者闻言大惊失色，立即将戒指交还事主，并磕头道歉。返乡后，他加入了中国共产党，当上峰北乡民兵队长后，干脆抛家别子，参加了新四军，1946年，因作战勇敢，升任营长。但随即在残酷的四平街保卫战中，壮烈牺牲。

1942年春天，黄克诚在河北解放区率领八百八路军南下，支持新四军，在今盐城市大丰区白驹镇狮子口与陈毅率领的新四军全师，成立新四军第三师，黄克诚任师长。到1946年秋天，三师已扩充到万人。四平一战，牺牲很大，死的都是盐阜子弟兵。蒋王庄的蒋宝友、大卜舍的孙兰堂，都牺牲在四平，这还仅仅是就我所知的。当时我还是小孩子，记不了很多。我看过《盐城县志》《建湖县志》《大丰县志》《谢阳县志》《东台县志》上面的烈士名单，不少人都是牺牲在四平街的。

蒋王庄西头住有蒋国宝，此人是位活宝。他在上海打工，有时回老家看看。庄中间住有姚四妈，是位三十多岁的大嫂子，性格开朗。四爷也是常常在苏州打工。蒋国宝常来找姚四妈寻开心，当众亲嘴、摸奶，庄上人看了哈哈大笑，见怪不怪。大概这就是"桑间濮上之风"吧。

庄上还住有一位德高望重的贤者德大爷，全名是王恒德，是我堂伯。他是种田能手，养了一头水牛，家内一个大天井，大门油漆过，他是蒋王庄首富。冬天他家很暖和，请来专业师傅炒米花，小朋友可随便吃，大人吃一点也没关系，因此，他家挤满人，他也不嫌烦。那时我家穷，上无片瓦，下无寸土，年年租别人几亩地，租别人两间房子过日子，我的一位堂叔王恒同三爷，常常长叹一声说："这家人家怎个好啊！"德大爷听了正色道："你不要这样说！你看春友（我长兄，后改名王荫）多能干，春才、春瑜都很聪明，长大了一定有出息。"1953年我考取复旦大学历史系后，特地去看望他，他非常高兴，说我家祖祖辈辈还没出过大学生呢，你开了个好头！他的长子王春湘堂兄闻讯赶来，说真想在乡里敲锣打鼓，庆祝一番。我说用不着，相信庄上以后上大学的人会越来越多。上世纪七十年代初，德大爷病故，我闻讯深感悲痛。

20世纪被称为钢铁战士的吴运铎（1917年1月17日—1991年5月2日），在蒋王庄西南的一个小村庄上，成立了兵工场，修理军械，生产手榴弹。某日他拆手榴弹时，想不到这枚弹突然爆炸，他严重受伤，被战士迅速用门板抬到德大爷家医治。当时我正在德大爷家玩，军医赶到后大惊，说这不是吴运铎所长吗？烧成这样！立即给他医治。一星期后，他康复了，他很喜欢小孩，与我拉过家常。后来他出版了《把一切献给党》，风行全国，教育了很多人，我也认真读了，倍受感动。

1946年，是我一生中难忘的一年。轰轰烈烈的土地改革运动开始了。我家在大卜舍这个村庄分到了稻麦两季的良田，田主是一位地主，逃亡在上海，耕种者是佃户孙五聋，庄上人都叫他五爹爹。他是种田老把式，家中几个儿子，人人身强立壮，并养了几头猪，猪粪肥田，又制粉丝卖，下脚水养猪，因家中十分兴旺。他夏天上身一丝不挂，厚背晒的又黑又亮，蚊子都咬不动。腰带上始终挂着一只大皮匣子，但里面放的钱不多，甚至没有。有次他跟家父借了五元钱，过了两个月，仍不还。家父向他讨要，他居然说："你就是把我打扁了，捶圆了，拉长了，我也没钱还。"家父告诉我此事，

我听后吃了一惊，这句话是明朝中叶江南小市民的口头禅，想不到几百年后，仍在民间传承。土改中，农村一些流氓无产者十分活跃，对地主逼供，乱打乱杀。

大卜舍有位孙姓地主婆，是小脚老太太，当时已七十多岁了，天天早上烧香拜菩萨。贫农团却把她带到六里路外的孙杨舍乡民大会上斗争，要她交出浮财。其实，她家已被贫农团抄过家，其子孙绍仪在海南中学读过书，家中藏书不少。有枚竹笛，老太送我了，还有一本石印本的小唱本《拔兰花》，也送我了。斗争会让她胆颤心惊。当夜，她家原来的佃户用小船把她送上一条开往上海的大船。后来，孙绍仪在沪病故，她只好又返村。我母亲哀其可怜，送她一大瓢白面，五斤大米，她很感激。她与儿媳同孙子锦之、惠之种了不少南瓜。她长叹一声说，我已下地狱了，菩萨在哪里？！从此再也不烧香拜菩萨了。

地主是个庞大的阶层，有好有坏，多数是好的或比较好的。大卜舍有个地主叫孙老爹，他的父亲是前清秀才，有很大的相片挂在祖屋的木梁上。祖屋是三大间砖瓦房。其夫人是麻脸，但很慈善，生子孙绍珍，聪明、漂亮，海南中学毕业后，考取上海大夏大学中文系，不料读到大三时，因患肺结核去世。同窗都深感悲痛，买了上好的棺材将他入殓后，用船将他送回故土安葬，他们带有乐队，洋鼓洋号，奏着哀乐，将棺材隆重安葬。孙老爹哭得死去活来，其妻因悲痛过度而亡。孙老爹在绍珍坟上四周，种了很多冬青树，一年四季，看上去都是郁郁葱葱，孙老爹想念绍珍几乎想痴了！他请"关王"（一种迷信职业者）来，问孙绍珍现在何处？这人骗他说，现在黄河边上一座"土地庙"里当神。孙老爹还想去找，庄邻都劝他，万里黄河那么大，你到何处去找？他只好放弃。为了延续子孙，他从射阳县农村，娶来一位贫苦人家的女儿，生子绍六，至今还生活在大卜舍务农。

2018 年 12 月 15 日夕阳西下时

童年的伙伴

多少年前，每当我听到日本歌曲《晚霞中的红蜻蜓》时，便激起我心中阵阵浪花。

犹忆童年，我先后在蒋王庄、吕老舍、大西庄、大卜舍度过。每当盛夏傍晚，夕阳西下时，几十只甚至多到几百只红蜻蜓，贴在村庄前打谷场地面上飞来飞去，我和小伙伴看了欢呼雀跃，用扫帚打下几只，拿细绳扣住它头颈，看它飞来飞去，煞是开心。

《晚霞中的红蜻蜓》完整歌词是："晚霞中的红蜻蜓，请你告诉我，童年时的小伙伴而今在哪里？……"曲调忧伤，听了让人心情沉重。在这忧郁的歌声中，我不禁想起童年时的小伙伴。

我在入学前常在一起玩的小伙伴叫李成贯，他是蒋王庄西头蒋国喜大爷的续弦大妈带来的，农村俗称"拖油瓶"，一般受歧视。但蒋大妈为人善良、宽厚，待人很热情，故庄邻"不看僧面看佛面"，待成贯不错。他梳一小辫，辫梢上扎着红头绳，瓜皮帽前面压着一小块红布，拖到脑门上，说是防止"老摸爷"（实际上就是脑膜炎），不要被摸去。成贯皮肤、牙齿雪白，圆脸，五官端正。他常和我一起玩，各自从小口袋里掏出炒蚕豆、炒豌豆之类互请对方，唱着"风来了，雨来了，和尚妈妈背着鼓来了"①。不幸的是，成贯后来还是患脑膜炎去世了，尚不足五岁。我妈妈与蒋大妈关系很好，成贯去世，她难过得落泪。

童年时，我的另一个好友叫蒋宝佐，他幼年丧母，父亲把他带大。他五六岁时就学会了煮粥、炒豌豆或煮豌豆。我记得他家有一个大缸，里面装满了豌豆。他父亲常常苏州打工，但始终未续弦。宝佐胆子小，有次我带他去我舅舅家玩，他却不肯去我舅舅家，站在很远的田埂上哭。但是，他长大后，变成堂堂男子汉，参加了民兵，后参加了抗美援朝战争，作战勇敢。战争结束，组织把他转业到清华大学当电工，他思念故土，还是回到蒋王庄种田，娶妻生子。20世纪80年代，我去看他，并合影留念。他活到七十多岁去世，我伤感久之。

我在大卜舍时的小伙伴叫孙灿堂，比我小三岁，头上因生癞痢留下不少疤，耳朵有点聋。他喜欢跟我在一起。我带他到荒田里拔关草（野草，打草鞋用），在水田里张卡抓黄鳝、泥鳅。他喜欢笑，一笑就流下不少口水。他在家排行第八，小名小八子。1958年，他考上阜宁县的一所民办农业中学，放假时，他把学校里的一只闹钟带回家，让他母亲孙五奶奶定时做饭、开饭，五奶奶一听钟响，便笑说钟饿了，赶紧开饭，小八子一听便哈哈大笑。毕业后，他当上农业技术员，有了一份虽低但固定的工资收入，这在农村是很吃香的。经人介绍，他娶了媳妇，我见过，皮肤微黑，五官端正，但双脚是平底脚，下地劳动不得力。她生了个女儿，皮肤雪白，

---

① 直到前几年我读《古谣谚》及其他史料，才知道是小孩说走音了，原文是："风来了，雨来了，禾坊妈妈背着鼓来了！"

很乖巧。她劳动时，将女儿放在我家，我家父母及大嫂都很喜欢她。孙灿堂后来被调到新疆石河子垦荒种棉花。70年代病故。前几年，她的女儿长大了，长途跋涉，到大卜舍认亲。灿堂之兄排行第七的孙宝堂（中学老师）聚集族人，欢迎她认祖归宗。无论何时，她只要回来，都热情接待。孙宝堂还给我打来电话说起此事，我听了很高兴，请他转告她，欢迎她来北京玩，旅费食宿都由我负责。她因忙至今未来。我那样说是诚心诚意的，完全出于儿时与灿堂的友情。

2018 年 12 月 19 日下午

韦大先生

　　人民是历史的主体。但人民的绝大多数，从来都是默默无闻的。韦景尧先生就是其中的一位。他生于1895年，读过私塾，启蒙老师是淮安的一位老秀才。他也曾教过私塾，因此村民都呼为韦大先生，其夫人也就成了韦大师娘。他俩无子女。韦大师娘不识字，但主政，她对韦先生的读古书、作古诗，说话动辄引经据典、诗云子曰，十分反感，竟以"大痴子"称之，韦先生无可奈何，真乃隔膜之悲哀也。我第一次见到韦先生，是在抗日民主政权建立后的一次乡民大会上。韦先生上台演讲，说："我家有一头牛，准备卖了，买枪打鬼子！"这在我童年的记忆中留下了难忘的印象。我家搬至大卜舍后，与韦先生家仅一河之隔，他常来我家，与家父、家兄或寒暄，或闲聊。韦大师娘，人甚畏之，我也不例外，故并未到其家玩耍。1948年夏天，韦大师娘有病，执意要童子（迷信职业者）来她家驱邪，而在童子做法事过程中，需要二位少年手抱雄鸡，跟在童子身后，韦先生特来邀我与小伙伴孙宝堂（现任高作中学教师）去充当抱鸡使者。我们受宠若惊，欣然前往，事毕，韦大师娘赏给我们一块高作街上买的大饼。自我读高中后，与韦大先生来往渐多，因我爱好文史，与他的共同语言日渐多了起来。我曾向他学作古诗，但终究因不愿戴格律的枷锁，半途而废。1960年夏，我在复旦大学历史系毕业，留校读研究生，遂返乡探亲。韦先生闻讯，来我家，邀我去吃饭。这时，天灾、人祸已经横行，父母的口粮是每天四两大麦。因此，我以及双亲都一再婉言谢绝，但终究拗不过韦先生的坚请，我只好从命。桌上摆着两碗大麦片饭，一碗咸肉，一盘炒韭菜，一碗蛏干汤。韦大师娘不上桌，却一再要我多吃菜，韦先生则连连说："菲薄甚矣，又无酒，务望海涵。"我一边吃着，一边心中非常不安：在这饥馑的年代，穷乡僻壤间能弄到这些菜，太不容易了，而一碗饭就得花去老俩口的一天多口粮！这些年来，我在国内外出席过很多次盛宴，并在香港赴过金庸先生豪华的家宴，但留给我的印象日渐淡薄，多数已抛诸脑后。但韦先生夫妇请我吃的这顿饭，我是永远也不会忘记的。他们敬重我这个当年在他们家跟在童子身后抱着公鸡围绕神像转圈的放牛娃，居然成了名牌大学研究生。韦先生说"你现在已由大学生而大学士矣"，我虽不敢当，但二位老人家尊重知识的热忱实在感人肺腑。韦先生大概是预感到生命之火行将熄灭，饭后叹息着说："我将与草木同朽！"并作了一副自挽联，贴在家中。我一再安慰他，但他只是苦笑着摇头。后来我才知道，他终于未能走出那个特殊年代的死亡线，默默地倒下了。

一饭之恩当永报。可是，我竟无从报答韦大先生夫妇，思之凄然者再。他写过不少诗，去世后，都亡佚。所幸的是，近四十年前，上海乐天诗社出版过《纪年诗集》，内收韦先生六十三岁时写的诗一首，现抄录如下：

六十三年春夏秋，浮沉身世去悠悠。

心雄从来嗟垂老，体健何尝论退休。

发掘技能蠲旧习，钻研学理逐新流。

洞明世务称先觉，不让他人据上游。

诗如其人。读此诗，一位不甘落伍的乡村老知识分子的形象，便生动地展现在眼前。在我的心中，韦大先生并未与草木同朽。

1997 年春

后记

时下正值北京的冬日，久未下雨，更无一片雪花。出门办事，需全副武装，围上羊毛围巾，戴上羊绒巾帽子、羊绒手套，北风吹来，仍感到阵阵寒意逼人。但我心中是温暖的。我花了半个多月的时间，将历年写的旧作及最近写的新作整理一遍，编成《世间情》一书。其实，我感受到的人世间情谊，远远超过本书中所述。常言道，世情看冷暖，人面逐高低。犹忆1949年秋天，我虚龄十三岁，到建阳县（即今建湖县）名校陈村实小考坊，考海南初级中学①。晚饭后，因无宿舍，我又未带蚊帐，坐在校门口发呆。一位衣冠楚楚的老大哥走过来（他穿着长筒袜，戴着手表）跟我说，我找了一把蚊蝇草，待会我点着，蚊子都不敢靠近，我讲故事给你听。他掏出火柴，点着了，我躲在草席上，听他讲正在上海上映的电影《一江春水向东流》。他讲完了，我也睡着了。后来他告诉我，他在上海工作，毕业后当教师，也好照顾父母。一天后，考试结果张榜公布出来，我及家兄春才、堂兄春颖、同学周华、李相友等都被录取了，给我讲故事的大哥也考取了师训班。可惜七十年过去，我已记不起这位大哥的名字，祝福他幸福平安。

1955年夏天，我从家乡坐小轮船沿着内河，经一天一夜

---

① 按，海南是民国时期江苏著名教育家孙大鹏的字，后简称海南中学。培育出众多英才。

的航行，才抵达南通考区①。我在盐城中学读到高二，因病辍学，至沪治病。后我退学，以社会青年身份考大学。办理考试手续时，南通医学院一位教授给我体检，查出我患有冠心病及高血压症。他语重心长地对我说，你这么年轻，竟患有两个重病，我若如实填写，你健康不及格，就没资格考大学了。我把你的这两项检查指标，都改为及格吧！说着，就改了。我向他鞠躬致谢。试想，如果没有这位素不相识的教授帮忙，我怎么能考取复旦大学？也就不可能有今天的学术成就了。

"文化大革命"中，我因参加1967年冬上海第一次反对张春桥的斗争，在1968年4月"清理阶级队伍"时被"四人帮"豢养的走卒直接迫害，戴上"现行反革命"分子的帽子，被专政达七年之久。"四人帮"粉碎后，我贴出大字报，要求复查。当时的上海师大②党委书记季梅先③同志，闻讯后，在全校大会上宣布对我复查，首先回教研组，恢复公民身份及上课权利。很快我讲授的《历史文选》课受到了学生的好评。次年四月，上海市公检法下达文件为我平反昭雪。华东师大某管保卫的干部，是个极"左"分子，每逢节日，他都会写一纸文书，说我是"现行反革命"分子，必须监督劳动。还盖上大印，要我到复旦大学家属委员会及我所居住的第六教

---

① 按：当时苏北地区只有徐州、扬州、南通三个考区。我选择南通，有一个原因，是想顺便看看狼山风景，及名扬四海的张謇（字季直）墓。

② 张春桥为控制上海的大学，将上海师范学院、华北师范大学、上海教育学院、上海半工半读学院、上海体育学院联合组成。

③ 女，新四军老战士，其夫洪泽是粟裕大将部下，做过上海市委宣传部长。

工宿舍保卫组报到。但无论是居委会还是宿舍保卫组都没有为难我，宿舍保卫组长朱伯伯更拒收上述狗屁通知，说我们了解他，王先生是好人！我楼上邻居——退休花工老刘及老伴、女儿海盈，对我也很照顾，有时还端菜给我。我的老同学王邦佐（后任上海师大校长）不时来看我，关心我和儿子宇轮的生活。后来我去大丰县干校劳动后，他还来信告我朱伯伯去世消息，信封上写"王春瑜同志收"。这在当时，实属难能可贵了。常言道"好事不出门，坏事传千里"。我小学同学李相宏，时任家乡沿河公社党委书记，到上海出差，特来看我，多所安慰，回建湖后，还特地寄了一大包粉丝慰劳我。相宏兄已去世，愿他在地母的怀抱里好生安息。

　　我更难忘担任过四川省军工战线要职、后来回家乡担任盐城市常务副市长的孙世安兄。他来沪出差，给华东师大历史系打电话，说找我，接电话者说我是反革命，世安兄说你说他反革命就是反革命了？他接我到饭店吃了一顿好饭。此外，东海舰队的陈仁珊大校、师大中文系生应国靖一家、同事陈昌福兄，都曾在我落难时，伸出过援手。这是我没齿难忘的。

2019 年 1 月 6 日晚万家灯火时写毕

附录

"牛屋主人"记

——写在《王春瑜明史文集》出版之际

忽培元 [1]

同王春瑜先生可谓忘年之交，属良师益友也有文字之谊。先生是著名的明清史专家，而我作为公务员、作家，也是历史学的一名铁杆粉丝，是先生作品的忠实读者。说起来同王先生也是有缘，两千年初开始，曾经有过两次成功的合作，更加深了相互的了解和情谊。一次是先生应邀作为央视纪录频道专题片《科举》的受访出镜专家，节目播出后先生代表节目组出面邀我撰文点评。评论文章发表，在媒体引起热议，也从一定意义上促进了这一领域的研究探讨。再一次是中宣部"当代作家为百名历史文化名人立传"工程，先生是专家组成员，我是《百年糊涂：郑板桥传》的作者。先生认真审读通过了我的书稿，并撰写了评介较高的简明文字印在书上。作品出版后，反响很好，至今热销，这与先生的热情推介不无关系。如此，我们成了名副其实的忘年文友。十多年来，先生一出新书，必电话联系，签名相赠。我的习作出版，也同样回赠，并且见他的文章必读，读后还要电话或面谈心得。有一段时间，我们经常相约到北海公园散步，边走边聊。且

---

① 作者忽培元系国务院参事，作家。

『牛屋主人』记

属于那种忘记年龄身份，古今中外、天文地理，无所不及的神聊。北海散步一时成了我们的保留节目，成了一大乐事。我的印象中，先生作为学人，渊博却严谨，言语文章注重据理求证，从不主观臆断、任性妄议胡评，且能虚心听取不同看法，从不固执偏见。作为作家，先生关心政治，关注现实，思想活跃，直言不讳，并不迁就时弊，墨守陈规。而作为朋友，先生谦和宽厚，助人为乐，善于同各行各业各个年龄段的人相处，可谓是一位难得的能够与时并进，紧扣时代脉搏，既会养生处世，亦能击鼓发声的学者型杂文大家。难怪他年已八旬，依然身健笔健，文集出版，会有这么多身份年龄不同的朋友前来祝贺。

某一领域中成绩斐然的学者动笔写散文、杂文，就好比戏曲大师清唱民间歌谣、流行歌曲，属于名家客串。客串的结果，很可能出彩。因为积累与功力不同，写作的出发点也不尽相同，呈现出的作品也就往往出类拔萃。前些年阅读季羡林、张中行等老先生的散文心中暗暗有过这样的感慨，这几年读何西来、王春瑜先生的评论杂谈类文章也深感如此。老先生们的文章，就像文化大家的书法，简约练达，点画里面是有东西的。也就是说，他们的文字背后，总是有意无意地隐藏着沧桑与智慧，或某种稀缺的经验信息，可谓言犹尽而意无穷。这是一般的写作者，甚至大作家一生刻意追求而难以达到的极高的表达境界。就好比一桶水里轻松倒出一碗和一碗水里努力分出半碗的气势与反响肯定不会一样。更何况王春瑜先生，可谓是学术论文与杂文写作，坚持几十年如一日地两条腿走路，便形成了自己独具面貌的学术风格与文学特色。这是我读王先生杂文的总体印象，也是他的杂文很耐读的根源所在。

　　他主编的《中国反贪史》《长青藤文丛》，和论著《明清史散论》《明朝酒文化》《古今集》《看了明朝就明白》《明朝宦官》等二十多种著述，对明代政治社会文化生活，和清初王朝商业经营等历史做了深入、系统并卓有新见的研究。作为学养深厚、著作等身的学人作家，王春瑜先生并非像当下某些个"著名教授"那样，伶牙俐齿，热蒸现卖，拿仅有的一点常识无限放大卖弄。相反他只是低调处世，审慎发声，甚至表现的言辞木讷。也就是说，先生始终保持着"牛屋主人"埋头耕耘的黄牛品格。这是中国历代读书人的高风亮节。大道至简，大象无形，大音希声。王先生厚积薄发，文风简约，幽默和风趣总是躲在质朴后面，叫你忍俊不禁，却又笑不痛快。何以如此？因为再往下咀嚼，又有几分深刻与悲伤流露。是基于思考与充分的占有资料结果。他自封"牛屋主人"，我理解含义丰富。一是他出身农家，从小割草喂牛，伴牛耕耘，知牛爱牛，不忘初衷。二是先生一生走南闯北，住房曾既破又小，甚至于临时防震棚中朝暮栖身，而更重要的是，他曾在上海参与策划"炮打张春桥"活动，被"四人帮"爪牙戴上"现行反革命分子"帽子，监督劳动，蹲"牛棚"（即"牛鬼蛇神"之棚也）七年之久，故以"牛屋主人"自嘲。三是回顾来路，检点人生，无论夹缝中度日还是埋头读写，更像老牛背负苍天，躬耕陇亩。四是取鲁迅先生"横眉冷对千夫指，俯首甘为孺子牛"诗意，甘为民仆，不忘养恩。总之，他的确像头老牛，一生粗茶淡饭，只懂埋头耕耘，哪会转弯抹角、察言观色。

　　细想起来王先生本身就是一篇很耐读的杂文。杂文最讲

究见多识广，王先生学识渊博，见地不凡，文章旁征博引，箴言警句振聋发聩。杂文最忌抄书袭报，千篇一律，移花接木，空泛论理，甚或枯燥乏味，落入俗套。而王先生的文章，一篇是一篇。不仅立论新颖大胆，更注重言之有据、言之有物、言之有趣，往往不拘一格，开门见山，语出精湛，发人深省。杂文最讲究幽默风趣，讽刺犀利。王春瑜的幽默风趣是寓于庄重与冷峻之中的。而他的讽刺更是针针见血。脍炙人口的《"万岁"考》足以为例。

先生年逾古稀，长期伏案，腰肌劳损，走路弯腰曲背，显得老态龙钟。但他谈吐不凡，精神世界丰富而铁骨铮铮，腰杆最直。先生故乡苏北盐城，可谓人杰地灵，文秀辈出。当代才子中有高官胡乔木、乔冠华等，先生提及不无自豪。但他对宋朝宰相陆秀夫却格外推崇。"陆秀夫何许人也，斯人乃文天祥同窗好友，南宋宰相，抗元英雄。"王先生不止一次热情赞誉他这位乡党说："在华夏五千年历史长河中，陆秀夫是唯一抱幼主壮烈蹈海、以死殉国的爱国丞相，其崇高的人格影响巨大，其浩然正气长留天地之间，永为我中华民族的骄傲。"

是的，你读先生文章，起初并不感觉有多高妙。就像初次见面也不觉得他才华出众。先生做人如同行文，不是诱人以华词丽藻，更不锋芒毕露，剑拔弩张。甚至感觉文笔并不"流畅"，更非才气横溢。他只是循循善诱，导引读者，对史料潜与世风现象悉心咀嚼，渐有所悟，终有所得。他的写作姿态十分谦恭。形若安卧棚底一头忠实于主人（读者）的老牛，更深入静之时，悄然将肚里四处集荟之养料仔细反刍回味分门别类，加以利用。这也许是先生"牛屋主人"深意所在。读了先生杂文和部分论著，才知何谓货真价实。先生文章，颇有鲁迅风采，血泪之作，能不深刻？从形式看，又好比京剧名角唱曲儿，轻松而为，已经出彩。

多年前同王先生初识，是经已故恩师何西来先生引见。王先生扶栏攀上三楼的情形清晰在目。先生说话，乡音很重。听惯了，那满口的苏北老腔倒是格外亲切。席间嬉笑调侃，时有妙语，令人乐不可支。先生从里到外，守素抱朴，以道护德，牛屋精神，难能可贵。王老 1937 年生人，今年整八十岁。值此先生文集面世之际，晚生在此恭贺：

辞曰：躬耕天地立文翁，矢志牛屋有始终。非左不右求真谛，任尔东西南北风。八旬有幸逢盛世，抖擞荷杖再远征，自信文化得千古，求索上下尚年轻。

大忙人王春瑜先生的情谊 ①

高志忠 ②

　　王春瑜先生是我长辈的长辈，结识他已整整 10 年。缘起于 2007 年秋我的博士论文选题，当时为了尽早定下选题，经常光顾学校周边的各类学术书店，借乱翻书的机会，以期获得一些灵感。记得是 9 月底的一天，晚饭后溜达至中大西门附近一家叫文津阁的古旧书店，随手抽到一本王春瑜先生的《明清史散论》，浏览目录时，扫到一行"说明代宦官诗"，顿觉脑洞大开，抱着猎奇心理阅读完不足千字的短文，原来这群生活在特定场域内的特殊人群居然也善诗能文，令我有灵光乍现之感。因为这篇文章，我买了王老师的《明清史散论》和《明朝宦官》两本书。回到学校后，借助网络资源搜索、检索明代宦官的文学创作与文化活动，发现明宫中存在着一个为数还不少的知识型宦官群体，且明代若干文人和一些知名宦官尤其是得势的专权宦官，有出于各自目的的各种"勾结"。还获悉明宫内廷演剧几乎全部为宦官所包揽。这实在是个有趣有料的话题，也较少受到学界关注。于是，我就拟定

---

　　①　本文刊于《博览群书》2017 年第 9 期。
　　②　高志忠，内蒙古人，中山大学"文学"博士，现任深圳大学副教授。

了一个"明代宦官文学与宫廷文艺"的选题，由于自感颇有创新性，也信心十足地草拟了一份写作提纲拿给导师孙立老师看，孙老师当即拍板认可，令我的选题工作顺利到偷乐的感觉。

就此我就认识了王老师，当然这种认识还停留在是我认识王老师，王老师不知我是谁的阶段。

选题得以确定，我就安心地寻找文献。记得是 2008 年五一期间，我回内蒙古办事后折返广州，专程在北京停留。意图有二，一是去国家图书馆查阅资料；二来想去拜访一下给我灵感和启发的王老师，当面听听他对这一选题的意见和建议。由于我先前做了一些功课，知道王老师已从社科院历史所退休多年，就将电话直接打到社科院退休办，接电话的人语气特别友善，回应我的第一句话就是："你找的可是一位大忙人！"我当时还在想，老人家退休十余年了，当是读书散步养花而已，能有多忙？问到家里电话，也没多想，就拨了过去，我自报家门，说自己从广州过来北京因学术问题向王老师求教，王老师很爽快地答应了！第二天，我依时到了位于西什库大街的王老师家里。当时，王老师正在和一拨编辑谈事儿，王老师倒茶给我，要我在旁喝茶等他们结束。很快他们谈完了，送走了客人。王老师直言："你从广州过来是远客，现在还在读书，是穷学生，一会我请你到楼下饭店吃午饭。"我也没有客气，想着正好饭桌上和王老师多聊聊，最后我来买单就好了。在楼下一家山西餐馆点了十分丰盛的饭菜，两个人根本吃不完，最后还打包了。买单时本想抢在王老师之前的，结果被他有力的手拉住，印象非常深刻地记得王老师再言："你是穷学生！"就这样被王老师强势地买了单。

也正是这次，我领略到了为什么别人说他是个大忙人了！从我进家，到中午一起吃饭，一个小时的时间，他就接待了包括我在内的三拨客人，有约稿的，有拜访的，电话也是接了好几个。送走其他人后，和我聊内蒙、聊广州、聊中大、聊选题，说到哪里，他总是很熟悉，很有话题感，倒是让我感到首次见面丝毫不觉生分反而相当的轻松愉悦。回到正题，王老师觉得从文学角度研究宦官这一群体，了解他们的心态，进而研究专权宦官影响下的文学生态是十分有意义的，最后还推荐了《帝京景物略》《宛署杂记》等书目。今天提笔，忆及近乎十年前的事情，这又让我想起时任《文史知识》编辑的厚艳芬老师惊讶于我认识王春瑜先生，她说："你怎么能结识到王春瑜先生，他可是我们杂志的重要作者，京城文化名人，他很忙的，是个大忙人。"闻听此言，我不禁觉得先前冒昧约见王老师，实在是鲁莽、大胆。早知道王老师这么忙，名声在外，我当时可能会顾忌更多，也许会放弃拜访的想法。有道是无知无畏，使我有缘结识到王老师。

说王老师是大忙人，在我和他深入交往之后体会更深，前面说我买了王老师的两本书，自此之后，我从广州到深圳，几乎每年都能收到王老师邮寄来的新版大作，若进京拜见则当面赠送与我，有杂文集、学术著作、学术随笔，还有反腐作品等等。我惊讶于他的高产，而且很多还是书市上的畅销书。不过想起大家眼中大忙人的印象，也就有了答案。所以，在我书架上，王老师的著作除了认识他之前买的两部，其余都是他的签名赠书。收书，藏书，写书，编书，王老师把它当做一种乐趣和消遣，名副其实的闲不住的大忙人。

王老师写过的众多著作中，有两本书我印象尤其深刻，即《悠悠山河故人情》和《中国人的情谊》。王老师以翔实的史实为底料，展示古人、今人在关乎故人情、乡土情、夫妻情、父女情和师生情等方面的人格魅力和情谊传统，为世人的交往提供了绝好的借鉴和参照，文中为数不少的主角是他自己。王老师是个特别注重和在乎人情的人，这十年中我同样体验很深。记得2010年毕业找工作时，王老师不遗余力地帮我打电话推荐工作单位。收到我的毕业论文打印稿后，不仅给予鼓励性美誉，还借助他在出版界的人脉和声望，直接帮我联系出版。这一切都是我不曾料想的。就这样，我的第一本专著就在王老师的直接促成下在我仰慕的出版社出版了。出版前夕王老师又为我挥毫作序，令我深受感动。王老师于我就是这样一位古道热肠的长者。

2011年至2013年我在暨南大学随魏中林老师做博士后，当时的年收入在全国博士后群体中算是很不错的。王老师也改变了我是穷学生的看法。记得是2013年的春节，突然接到王老师的电话，王老师先是祝我新年快乐，还问了家里的情况，最后才说到自己带着女儿趁着春节到三亚一游，由于归期未定，没有提前预订返程机票，结果等到返程，现场在海口机场买票时，不想机场坐地起价，回程的机票比平日翻了一番还多，两人的机票一下子多出了5000多元，王老师没有带信用卡，情急之下想到了距离海南最近的人是在广州的我，向我借一万元应急买返程机票。我楼下就是银行，即刻将钱打入王老师提供的卡内。其实，王老师在海南熟人甚多，关键时刻找我应急，我深深地知道王老师没把我当外人，王老师也终于觉得我不再是个穷学生了。

逢去北京，必去王老师家做客。2015年暑假，我在北京

参加故宫博物院故宫学高校教师讲习班活动，收到通知后，就早早给王老师汇报了我的行程，王老师知道我是内蒙古人，好喝点小酒，电话中就和我说，你来了我这备着陈年好酒给你喝。记得是 7 月底的某个傍晚，约定在王老师家小区对面的一家老北京炸酱面小聚。是日，虽是夕阳西下，但依然"桑拿"天气。我提前到了约定餐馆，已是衣衫湿透，立在门口望向马路对面王老师过来的方向，远远看到一个熟悉的身影，只是这和我上一年见到的王老师差距实在太大。那时王老师和我一起散步，我都要紧走才能随上他的步伐，过马路王老师都是小跑着赶在信号灯变红之前通过。隔着 20 多米的马路，老人家一手拄着拐杖，一手拎着一个纸袋，里面显然装着一大瓶酒，身体大幅度的前倾，只能依靠拐杖才能维持身体的平衡。我赶忙迎过去，接过袋子，搀扶着王老师慢慢过来马路。虽然电话中王老师已告知他腰部不适，做了小手术，行动不大方便，但情况还是比我预想的要严重很多。好在此外，王老师气色很好，说话依然谈笑风生，中气十足。等上菜的间隙，王老师将随身带来的他的新版《简明中国反贪史》签名后赠我，红彤彤的封皮，喜庆！我也终于喝到了王老师给我备下的好酒，他珍藏的 50 年陈酿的茅台，连酒杯都是王老师专门从家里带来的，一大一小，听王老师的安排，他小杯，我大杯，吹着空调，喝着好酒，听王老师讲那过去的故事，实在是快意！

与王老师交往，感染我的是他的人格魅力和深厚学养，还有他那 80 年的人生阅历，王老师说话总是在唠家常中不经意间抛出智慧之语，给我不少感悟。王老师也是个有脾气有个性的人，言谈中或书写中都不乏率性，于看不惯、不入眼的社会现象、学界中人，他总是借杂文予以批判，所以谈话中也是像他笔下的自己的老师——陈守实先生一样常带着杂文味。

十年中和王老师打过的电话、发过的短信、微信，不计其数，逢进京必面见，我已完全以王老师的学生自居了，王老师也完全把我当成他的入室弟子了。

"相见亦无事，不来忽忆君。"研究明史的王老师将明中叶文人圈流行语写为大字后赠我，清新可喜！

1937年出生的王老师今年整80岁了，祝王老师身体安康；2017年的教师节即将到来，祝王老师节日快乐。